CERVA
Azeitonas é jeito!
ELES
24H
salsicha Guerra
É PA-PUM

SEQUESTRAMOS SUA MÃE, É MELHOR COMPRAR ESTE LIVRO

ALMEDINA BRASIL
Rua José Maria Lisboa, 860
Conj.131 e 132, Jardim Paulista
01423-001 | São Paulo | Brasil
www.almedina.com.br

ISBN **9788563920669**

DIRETOR DA ALMEDINA BRASIL
Rodrigo Mentz

EDITOR
Marco Pace

EDITOR DE DESENVOLVIMENTO
Rafael Lima

ASSISTENTES EDITORIAIS
Letícia Gabriella Batista e **Tacila Souza**

ESTAGIÁRIA DE PRODUÇÃO
Natasha Oliveira

REVISÃO
Luciana Félix

CAPA, PROJETO GRÁFICO E VINHETAS DE MIOLO
Marcelo Martinez | Laboratório Secreto

ILUSTRAÇÃO DE CAPA
Colagem digital utilizando elementos gerados por I.A.

SEQU

COM

Dados Internacionais de Catalogação na Publicação (CIP)
(Câmara Brasileira do Livro, SP, Brasil)

Martinez, Marcelo
Sequestramos sua mãe, é melhor comprar este livro : e outras do absurdo cotidiano / Marcelo Martinez. — São Paulo : Minotauro, 2023.
ISBN 978-85-63920-66-9
1. Crônicas brasileiras 2. Humor na literatura 3. Sátira brasileira I. Título.

23-175649 CDD-B869.8

Índices para catálogo sistemático:
1. Crônicas : Literatura brasileira B869.8

Eliane de Freitas Leite — Bibliotecária — CRB 8/8415

Marcelo Martinez

ESTRAMOS SUA MÃE, É MELHOR PRAR ESTE LIVRO

e outras
do absurdo
cotidiano

Sumário

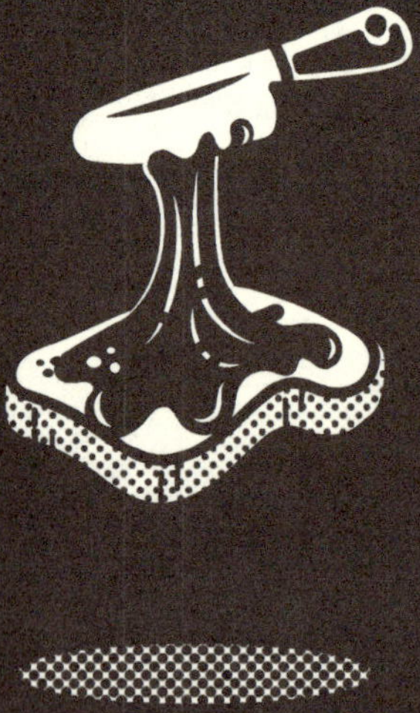

Patê.

— AMOR, LEMBRA DAQUELE PATÊ de *foie gras* sensacional que serviram no nosso casamento?

— Nossa, eu ainda sonho com ele! Cheguei a procurar de novo, mas a tal *delicatessen* fechou...

— Surpresa!!! Feliz aniversário de oito anos! "Bodas de Barro", eu pesquisei!

— Não acredito! Onde você encontrou esse patê?

— Na casa da minha mãe!

— Como assim?

— Ah, ela congelou do resto da festa. Quando a gente saiu pra lua-de-mel, mamãe foi lá na copa e passou o rodo nas sobras! Conhece minha mãe, né?

— Mas não dá pra comer isso, tá maluco?

— Por que não?

— Porque esse negócio tem oito anos, Paulo Sérgio!

— E daí? Tava congelado!

— O Walt Disney também tá, e nem por isso...

— Para, Lúcia. Trouxe com as torradinhas chiques que você ama!

— Eu não vou comer isso, Paulo Sérgio!

— Mas agora já descongelou, Lúcia. Não pode congelar de novo, senão estraga!

— Isso já está estragado, Paulo Sérgio! Agora entendi o "bodas de barro"! Olha a cara dessa lama!

— Pois eu vou comer para te provar que não estragou!

— Não come isso, Paulo Sérgio!

— Hmm, tá uma *delíxia*. Hmmm, do *goxtinho* que eu lembro! Hmmm...

— Você é tão teimoso que não quer admitir que esse lodo tá estragado!

— *Noxa Xenhora! Xenxaxional! Xaboroso demaix!*

— Tira isso da boca, Paulo Sérgio! Olha a textura desse troço, parece cimento de dentadura!

— Não quer *mexmo?* Tá muito *goxtojo, Lúxia*... Vai?

— Fala sério! Vou é atender o celular que é o melhor que eu faço!

ERA A MÃE DO PAULO SÉRGIO AO TELEFONE. Ligou para perguntar ao filho por que cargas d'água o fixador de dentadura dela agora vinha com sabor de *foie gras*. A Lúcia disse para a sogra jogar aquilo fora imediatamente e desligou, sem passar o recado para o Paulo Sérgio.

Madeira de Lei e Ordem.

A POLÍCIA TÉCNICA ISOLA A CENA DO CRIME, fotografa a fechadura destruída e coleta evidências. Na calçada, um dos investigadores termina de anotar os dados da dona da casa roubada e lhe entrega o seu cartão.

— Isso é tudo o que precisamos no momento, senhora. Se precisar de algo, é só me ligar.

— Obrigado, Policial... Pereira da Pátina? — ela estranha ao ler.

— Sim, "serviços gerais e reformas". Tá aí no cartãozinho.

— Não entendi. O senhor tem dois empregos?

— E quem não tem, né, senhora? Vi aquele seu belo móvel de madeira na sala da entrada, acho que ficaria lindo depois de lixado e patinado — ele diz, antes de pedir licença e se retirar.

Ela fica confusa, mas logo um outro policial destaca a folha do bloco que preenchia e lhe entrega:

— Aqui, dona.

— Eu ligo para esse número se souber de algo do roubo?

— Não, mas se quiser empalhar aquela cadeira de balanço, é só chamar. Tenho mais de um emprego, sabe como é.

— Mas e o meu roubo?

— O roubo a gente vai ver como fica, mas sua cadeira eu já sei que vai ficar show! Coloquei o orçamento aí pra senhora!

Ela lê o papel timbrado: "CSI da Palhinha – Empalhadores – Palha indiana ou sintética – Aqui a Garantia é Lei".

Revoltada, procura o oficial no comando da equipe. Diz que aquilo tudo é muito errado. O capitão fica visivelmente constrangido pela atitude de seus homens e lamenta que o sucateamento da polícia esteja provocando esse tipo de situação, mas assegura que irá tomar providências, reforça que o ocorrido é inaceitável e pede desculpas mais uma vez à mulher:

— Um absurdo. Imagino a senhora, traumatizada pelo arrombamento de sua residência, tendo que ouvir esses dois oferecendo serviços que nem precisa.

— Exato, capitão. Porque tudo o que preciso agora é me sentir segura.

— E vai. Assim que trocar essa fechadura arrombada por uma novinha em folha!

BEM, ELA SE RECUSOU A PEGAR O ÍMÃ DE GELADEIRA em formato de distintivo escrito "O Capitão das Trancas – Chaveiro 24h" que ele lhe ofereceu. Saiu pisando firme e fechou a porta da casa do jeito que conseguiu, bloqueando a passagem com o móvel de madeira. Que, por sinal, precisava mesmo de um trato.

Zum de besouro.

— OI, ME VÊ UM AÇAÍ GRANDE?

— É a nossa especialidade aqui na Açaí 5-Zero! Capricha na granola?

— Capricha!

— Deixa comigo! Ei, acho que tô te reconhecendo... você também não trabalha aqui na praça de alimentação?

— Sim, bem aqui ao lado. Nossas lojas são vizinhas. É que hoje resolvi variar um pouco o lanche. Experimentar coisas novas, né?

— Ah, é sempre bom! Prazer te receber. Toma o seu copão, caprichado na granola.

— Puxa, tá caprichado mesmo! O açaí tem uma textura ótima. Misturado com toda essa crocância da granola, então...

— Fico feliz que você gostou.

— Muito bem servido, parabéns.

— Rapaz, sabe que eu também tava pensando em ir lanchar lá na tua loja qualquer dia? Variar um pouco, né?

— Opa, então é pra já!

— Não, acaba teu açaí primeiro!

— Relaxa, eu vou comendo. Fui tão bem atendido aqui que faço questão de retribuir! Por favor, pode escolher a mesa e se sentar!

— Bem, já que você insiste...

— Açaí grande?

— Capricha na granola.

— Tá na mão: um açaí caprichado na granola, nossa estrela aqui na Engenheiros do Açaí.

Os dois brindam seus açaís em silêncio, enquanto observam as outras catorze lojas de açaí no entorno. Até que um deles suspira.

— Então... a moda da paleta mexicana podia voltar logo, né?

— A do iogurte já me resolvia. Mas sem granola.

Sinal fechado.

O SUJEITO APROVEITA PARA ALCANÇAR O CARREGADOR DO CELULAR, misturado às moedas ali do console. Os vendedores ambulantes correm entre os carros e uma mão deposita algo sobre o seu espelho retrovisor. O barulho faz com que o motorista espie de rabo de olho aquele saquinho de balas, grampeado em um pedaço de papel xerocado:

"Quem dorme sonha,
Quem trabalha conquista"

O motorista verifica o adaptador e procura acertar o encaixe na saída USB, quando outro pacotinho de balas grampeado em um papelzinho é colocado em seu espelho.

UM ROMANCE DE
Cleiderson Silva

Ele espeta de novo o carregador, desconfiando que não está dando contato. A mão deposita o terceiro pacote.

Parte 1

"COMO TUDO COMEÇOU"

O motorista agora desiste do carregador de celular e espera pelo próximo pacotinho:

> *Era uma noite fria e chuvosa de inverno. Minha vida profissional seguia sem rumo naquela temporada na cidade grande. Mas o destino apenas embaralha as cartas, nós é que as jogamos. Lá estava ela, saindo de um bar, enrolada em seu cachecol: Doralice, uma amiga dos velhos tempos. Ainda mais linda sob aquela atmosfera plúmbea. Dorinha agora era coach, mas sempre estimulou meu talento para a escrita e...*

O sinal abre, os outros carros buzinam. A mão do pacotinho recolhe tudo com pressa, enquanto o motorista engata a primeira marcha sem entender direito o que aconteceu. Seu carro segue em frente, mas ele ainda ouve uma voz ao longe, lamentando.

— É, acho que eu deveria fazer uma versão em e-book...

Fluzão.

SENTADO EM UM PEDAÇO DE PAPELÃO que um dia embalou uma TV de tela grande e dividindo o espaço sob a marquise com dois cachorros encolhidos, o velho homem confere os buracos em sua camiseta esfarrapada. “Hoje vai fazer frio”, ele pensa, enquanto cata algum pano no meio de suas coisas. Um cara de bigodinho se aproxima, trazendo uma sacola plástica e um sorriso amistoso.

— E aí, Fluzão, como é que tá? E essa camisa toda rasgada aí?

O velho homem responde apenas com um suspiro.

— Cadê aquela do tricolor maneira que eu te dei? Não tá usando hoje? Ah, já sei, tá lavando, né? Mas não fica assim não, Fluzão: trouxe outra coisa pra você!

O sujeito de bigodinho retira da sacola uma camisa com listras brancas, verdes e grenás um pouco surrada, mas ainda digna, e a exibe para o velho homem.

— Aí, ó: outra camisa do fluzão! Vai ficar bem vestido, hein, Fluzão! É do teu tamanho!

— Valeu.

— Veste aí, pô!

— Depois eu visto, valeu.

— Saquei, Fluzão. Tá com vergonha de trocar de camisa na frente dos outros, né? Eu faço paredinha!

O sujeito de bigodinho abre sua jaqueta meio como um tarado, tentando proteger a privacidade do velho homem, que se levanta para dar um basta naquilo.

— Então, cara. O negócio é o seguinte. Não quero tuas camisa. Numa boa.

— Que isso, Fluzão? Por quê?

— Eu não sou Fluminense.

— C-como assim?

— Não deu pra reparar? Toda hora tu vem aqui e me dá uma camisa velha do teu time. "Ah, a outra tá lavano?". Que lavano? Eu moro nessa marquise, tu acha que eu tenho máquina de lavar na marquise? Pois eu dei aquela porcaria!

— O quê?

— Eu não sou Fluminense!!!

— Ha, ha! Qual é Fluzão, tá me zoando?

— Que mané Fluzão! Eu sou de Campinas, meu time é Guarani, cara!!! O nome desses cachorro é Careca e o menorzinho é Zenon!!!

— Mas eu só queria ajudar...

— Quer me ajudar, me paga um *pay-per-view* da Série B, pô! Ou então rala peito, antes que eu mande o Careca avançar!

— Mermão, tu é muito do mal-agradecido, viu! Tô te dando uma roupa pra não ficar com frio e ainda me vem com grosseria? Francamente!

O sujeito de bigodinho sai resmungando, indignado. Quase esbarra na senhora que se aproximava, também com uma sacola.

— Oi, moço, trouxe uma roupa pra você.

— Não é coisa de futebol não, né?

— Não, é só uma blusa mais quentinha.

O velho homem recebe a sacola e sente o perfume de amaciante. A blusa de moletom quase nova, com uma bela estampa do Trono de Ferro sob o logotipo "GOT". Ele coloca a peça de volta na sacola e a devolve para a senhora.

— Pô, dona, *Game of Thrones* não dá não. Eu também odiei aquele final.

Escalação.

O REPÓRTER DE CAMPO ANUNCIA O ONZE INICIAL:

— O time vem para o confronto decisivo com o goleiro Enzo Carlos, os defensores Enzo Capixaba, Enzo Pernambucano, Enzo Jr e Enzito; os meias Enzo Henrique, Enzo Lopes, Enzito Enzo e Enzo Gaúcho; e os avançados Enzo Pietro e Maçarico.

— Perfeito, mas confirma pro nosso ouvinte: ele então inverteu os laterais?

— Exatamente: o Enzo Capixaba joga na posição do Enzito, e o Enzito fará a função do Enzo Capixaba. Mas não só isso. Você deve ter reparado que Enzo Henrique e Enzo Lopes jogarão mais recuados, liberando as subidas de Enzito Enzo e Enzo Gaúcho. A ideia ali é Enzito Enzo buscar a tabela com Enzo Pietro e Enzito, liberado pra avançar.

— Muito que bem. Então, para simplificar: vamos de Carlos, Capixaba, Pernambucano, Junior e Enzito, Henrique, Lopes, Enzo e Gaúcho; Pietro e Maçarico. Correto?

— Nhé. Assim não funciona. Porque esse Enzo aí que você falou é qual?

— É o... Enzito Enzo.

— Mas aí confunde.

— Oi?

— Deixa eu te ajudar. Eu sempre cubro os jogos desse time. Vai no normal que funciona.

— "Normal"?!? Mas... Tá, vamos fazer o seguinte. Vou narrar aqui pelas iniciais. O time vai jogar com o goleiro E.C., o lateral E.C... Droga!!!

— Falei, cara.

— Tá bom!!! O time é Enzo Carlos, Enzo Capixaba, Enzo Pernambucano, Enzo Jr e Enzito; Enzo Henrique, Enzo Lopes, Enzito Enzo e Enzo Gaúcho; Enzo Pietro e Maçarico.

— Isso!

— Só me resta torcer pro Maçarico comer a bola e jogar sozinho hoje...

— Opa, só uma retificação: o Maçarico sentiu a coxa no aquecimento. No lugar dele jogará o garoto da base, Enzoson.

Feirinha.

— CALMA QUE EU EXPLICO, DONA APARECIDA. Bem, para encurtar a história, ontem minha mulher achou uma moeda de um real lá em casa e disse: "Puxa, Alberto, essa moeda é das olimpíadas, por que você não vende lá na Feira de Antiguidades da Praça XV?". Eu achei uma boa ideia e fui pra lá hoje bem cedo. Aí eu cheguei na barraquinha de numismática e disse: "Bom dia, companheiro. Eu tenho essa moeda de um real das olimpíadas de 2016, parece que vale algum dinheiro. Você compra?". O homem disse que comprava sim, e que pagava cinco reais por ela. Aí eu disse: "Caramba, me parece mesmo um bom negócio. Vamos nessa, passa os cincão pra cá!". Aí ele disse: "Então, é que o dia começou agora e ainda tô sem troco. Mas podemos fazer assim: tenho outras moedas das olimpíadas aqui. Posso te dar cinco delas – que, na prática, equivaleriam a 25 reais – e você me dá uma nota de 20, que tal?". Eu não entendi direito, mas ele explicou que eu pagaria 20 e levaria 25, sendo os cinco o meu bom lucro da venda. E que aquilo era um ótimo negócio. Eu paguei, ganhei minhas cinco moedas e fiquei pensando no que fazer com elas. Aí vi outra barraquinha de itens colecionáveis e fui lá, né: "Oi, essa barraca aqui compra moedas? Porque eu tenho aqui cinco lindas moedas das olimpíadas de 2016 que quero vender. Você me paga cinco reais por cada uma, correto?". Mas a senhora sentada num pogobol do Gugu explicou que as minhas moedas eram de esportes meio caídos, tipo badminton, marcha atlética e golfe, "mas, ó: te pago dois reais em cada uma". Eu achei ruim, mas acabei concordando. Só que na hora de pagar meus dez reais ela disse que também estava sem troco. Eu logo argumentei que não aceitaria mais receber em moeda de olimpíada coisa nenhuma, aí ela falou que tinha uma proposta muito melhor: "Essa nota aqui é do Banco Imobiliário, mas da versão dos anos 80. Vale, tranquilo, 15 reais. Você me dá cinco de troco e se dá bem depois, revendendo aqui na feira mesmo! Valoriza rápido! E te dou logo a dica: vai ali na barraca do cara que vende quadro do palhaço chorando que ele tem interesse!". Bem, para encurtar a história, já eram cinco da tarde quando eu estava na décima sexta barraca, falando com um cara de tapa-olho que vendia granadas da Segunda Grande Guerra: "Então, companheiro, meu dinheiro realmente acabou. Eu cheguei nessa feira querendo vender uma moeda e agora tenho um quadro de palhaço chorando, um teletrim, um boneco do Mug sem olho, quatro engradados de Leite de Magnésia Phillips vencidos em 1941, dois lenços da campanha do Brizola de 1989, uma cabeça dum boneco do Falcon Olhos de Águia e ainda te devo 670 reais. Não quero nem pensar como isso aconteceu, só quero ir para casa. O senhor aceita cartão de crédito?". Ele viu que meu cartão era Visa e argumentou que desse ele já tinha muitos, "mas me dá teus sapatos e esse relógio aí e tu leva de troco essa camisa do fluzão e um autógrafo do Tob na época do Balão Mágico. Ou uma mina terrestre desativada". Ele botou meu relógio no braço direito, o do soco inglês, porque o braço esquerdo dele era uma prótese com um gancho. Bem, para encurtar a história, já era noite quando minha mulher apareceu lá para me resgatar: "E aí, Alberto, deu tudo certo? Por que você está calçando pantufas do Bob Esponja? Ih, olha só, uma moeda no chão!". Eu disse: **"DEIXA ISSO AÍ, SOLANGE!!!"**.

Depois pedi desculpas e perguntei se o cunhado do Gerson ainda fazia frete.

— Eu entendo, seu Alberto, mas nosso prédio tem regras. O senhor não vai subir pelo elevador com esse alce empalhado.

"Eles."

O MÉDICO DÁ UMA SEGUNDA OLHADA NOS EXAMES. Então confere a lista sobre sua mesa. O paciente está apreensivo.

— E aí, doutor?

— Nada demais. Isso que você tem é... fascite plantar.

— Fascite plantar?

— É, muita gente tem isso, super normal.

— Curioso. Dois colegas lá da firma também tão com fascite plantar. Parece até que virou moda. Meu primo tá com fascite plantar, minha cunhada, todo mundo agora tem fascite plantar!

— É natural.

— Engraçado que é daquele tipo de coisa que a gente nunca tinha ouvido falar até outro dia.

— Como assim?

— Não me leve a mal, mas antigamente ninguém tinha fascite plantar.

— Bem, os diagnósticos avançaram e...

— Parece até que alguém vai numa reunião secreta e determina a doença da vez!

O médico tira seus óculos e os coloca sobre a mesa.

— Tá bem, você me pegou. Isso é coisa "deles".

— Deles quem?

— "Eles". Você tem toda razão. "Eles" são os caras que inventam tudo isso aí. A tendinite deixou de ser novidade em 2018, já não estava colando mais, aí "eles" inventaram a fascite plantar. Muda o foco, fica menos genérico. Tipo virose, que depois você esquece que teve e tá tudo certo.

— Você está me dizendo que realmente existe um grupo de pessoas –"eles"–, que inventam as doenças?

— Não só as doenças. "Eles" inventam tudo.

— Tudo o quê?

— Vou te dar um exemplo: picanha. Quando você era pequeno, existia picanha? Pensa bem. Não existia. Era tudo alcatra, inclusive o churrasco que teu pai fazia. Picanha é uma invenção ali de meados dos anos 80.

— "Eles".

— E rodízio de sushi? Quem precisa de rodízio de sushi? Nem no Japão se come tanto sushi. Mas foi inventado por "eles" ali pelos anos 90. Assim como aquele espetinho de salsicha, azeitona e queijo tinha sido nos anos 70.

— O "sacanagem"! Tinha um palito no meio, por isso o nome. Ei, nunca mais vi "sacanagem" sendo servido em festinha!

— Pois é. Um dia, "eles" substituíram o espetinho de salsicha, azeitona e queijo pelo de tomatinhos com muçarela de búfala. Depois pelos dadinhos de tapioca gourmet, e, atualmente, pelo mix de nozes ou a granola no açaí. O palito durou um tempo ainda, espetando o bife a rolê. Mas, me diga: há quanto tempo você não vê um bife a rolê?

— E também ninguém falava de granola até outro dia... Uau. E por que "eles" fazem isso?

— Para movimentar a economia, fazer a roda do mundo girar. Em todos os níveis. Diariamente "eles" inventam coisas que você não precisava ou não tinha ainda: o copo istânlei, a figurinha de zap, o Chá Revelação com fumacinha colorida...

— Chá Revelação?

— Sério, o mundo precisa mesmo disso?

— Por Deus, é uma conspiração!!! Eu sabia!!! Eu sempre desconfiei!!! E agora eu sei de tudo!!! São "eles"!!!

O médico prepara uma seringa enquanto se aproxima por trás do paciente agitado.

— Sim. E agora que você sabe de tudo, eu terei que cuidar disso.

— C-cuidar de quê? Ei, o que você vai fazer comigo, doutor?!?

— Vou cuidar da sua fascite plantar, ué. A injeção é pra esse teu calcanhar inflamado. Caramba, você não prestou atenção em nada do que eu disse? E vou indicar também uma palmilha de óleo de linhaça. "Eles" tão fazendo agora.

Café na cama.

ELE ABRE AS CORTINAS COM UM ENTUSIASMADO "BOM DIA" E SAI. Retorna logo em seguida, trazendo a bandeja para a cama.

— Acorda, Bela Adormecida! Olha o que eu trouxe... adivinha?

— Café na cama — ela responde, ainda com a cabeça afundada no travesseiro.

— Isso! Café na cama pro meu amor!

— Arrã — espreguiça.

— Senta aí, ajeita a perna da bandeji...

— A perna da bandejinha. Pra não dobrar porque tá meio bamba. Eu sei.

— Tem ovo mexido, iogurte, café com leite...

— Eu sei, Paulo Sérgio.

— Puxa, amor, eu faço essa surpresa e você nem tchuns?

— Não é surpresa se todo dia você traz café na cama.

— Mas é romântico!

— Não, não é romântico, Paulo Sérgio. Eu não sei quem criou a fake news que café na cama é romântico.

— Ah, é sim!

— Não, não é. Baita ideia de jerico. Fica cheio de farelo de pão pra catar depois! Eu troquei essa roupa de cama ontem!

— Um farelinho à toa, só sacudir. Depois o Bartô come, deixa de ser chata!

— Tá cheio de farelo sacudido no chão. Aquilo ali no tapete é ovo mexido de ontem? Nem o Bartô quer mais comer, já enjoou de farelo com ovo mexido no tapete todo dia!

— Dá pra relaxar e aproveitar nosso café?

— Ainda tem que equilibrar xícara com a coluna toda torta, o estômago nem faz a digestão! Passar geleia é impossível.

— É só pegar o jeitinho.

— O teu jeitinho é comer direto da embalagem. Isso é porcaria, Paulo Sérgio.

— Já entendi, Lúcia — ele faz drama. — Obrigado por estragar nosso desjejum.

— Nem vem. Você sabe muito bem por que inventou isso, não sabe?

— Porque... lembra a nossa lua-de-mel e reacende a chama do nosso amor?

— Não, Paulo Sérgio. Porque na mesa da sala tem um quebra-cabeças de 5 mil peças que você inventou de montar na pandemia e não acabou até hoje!!!

Ele acusa o golpe em silêncio, mergulhando a torradinha direto no pote da geleia. Ela tenta apoiar a xícara de café sobre o livro na mesinha de cabeceira e desiste.

— Você quer reacender a chama? Pois taca fogo nesse quebra-cabeças, Paulo Sérgio!

Ele tenta pescar o pedaço de torrada que ficou preso no vidro da geleia. Um muxoxo decreta sua derrota.

— É o meu projeto pessoal, amor.

— Mas você tá montando esse treco desde 2020!

— Eu sei. É que... pra mim é importante superar o desafio. Todo mundo postou foto de antes e depois de quebra-cabeças montado na quarentena. E eu postei só a foto do antes.

— Amor, esquece isso — ela pesca a torradinha afogada na geleia para ele, em sinal de paz. — A quarentena já acabou há séculos, ninguém vai nem lembrar.

— Mas eu vou. Eu preciso. E, olha, já tô quase acabando.

— Tá nada.

— Ih, ontem avançou bem, juro! Fiquei até de madrugada trabalhando nele. Pode ir lá ver!

— Olha que eu vou mesmo.

— Pode ir. Tá nos finalmentes!

— E vou agora! — ela levanta e sai.

— Espera, acaba o iogurte antes, Lúcia. Não precisa apressar! O café é a refeição mais importante do dia, você sabe!

•••

— Mas... não passou nem da metade, Paulo Sérgio!!!

— Já consegui decifrar os amarelos, Lúcia!!! Era o mais difícil!!! Tenho culpa se o Romero Britto usa muito amarelo?!?

— E minha mesa continua uma zona! Olha só, tem peça amarela espalhada até no chão!

— Tem? Cadê? Não, isso é ovo mexido. Bartô, vem cá!

No quarto, o Bartô se refastelava com a bandeja esquecida na cama, só dispensando os ovos mexidos.

Cancelada.

O MERCADO DO BAIRRO ESTÁ BEM CHEIO para uma terça-feira na hora do almoço. Alice escolhe uma das filas para pagamento e espera, com um maço de rúcula, um pedaço de queijo, arroz de risoto e duas latas de coca zero em sua cestinha. Lá pelas tantas, quase chegando a sua vez, a senhora que já está no caixa se vira para ela:

— Querida, você veio com a sua avó?

— Oi? — ela estranha. — Não...

— PORQUE ESSA É A FILA DE IDOSO! — alerta a senhora, com satisfação e sadismo.

Droga. Alice já estava naquela fila há um tempão. Olhou para o senhorzinho atrás dela, pediu desculpas e disse que ele poderia passar na sua frente, já que a fila era preferencial. Ele meio que se solidariza, diz que ela já está ali esperando há muito tempo mesmo, afinal são só umas coisinhas, tudo bem. A caixa chama e Alice vai, morrendo de vergonha.

— Puxa, aqui agora é fila preferencial? — pergunta à caixa. — Mas não eram aquelas duas do canto?

— Eram, mas já mudou pra essa tem tempo. — responde a caixa, passando a primeira latinha de refrigerante pelo leitor.

— E por que as duas filas do canto continuam cheias de velhinhos?

— Costume. Mas a preferencial agora é essa. Meio confuso mesmo.

A caixa passa a segunda lata. Uma outra senhorinha, muito fofa, vem vindo na direção de Alice. Epa, a senhorinha tá vindo meio brava.

— Você é idosa?

— He, he, então... não. Mas é porque...

— **ENTÃO SEU LUGAR É NO FIM DA FILA!**

— Dona, na boa, eu me equivoquei. Mas a caixa já tá passando as compras. E o senhor que estava atrás de mim na fila até deixou.

— Ele não manda nada! **AQUI É PRA IDOSO! CANCELA A COMPRA DELA E VOLTA PRO FIM DA FILA!!!**

— **É! TEM QUE CANCELAR A COMPRA DELA!** — gritou um outro senhorzinho.

— Gente, desculpa a confusão — ponderou Alice. — É que tem idoso em todas as filas, pô! Pra falar a verdade, nesse mercado hoje só tem idoso, eu, e aqueles quatro malucos ali comprando vodca e refresco em pó pra levar pra algum bloco!

— **CANCELEM A COMPRA DELA!** — repete a senhorinha outrora fofa, erguendo o punho. A multidão se inflama. Um grupo de idosos com camisetas do Coral da MelhorIdade se junta ao protesto.

— **CANCELA!!! ♫ *CANCEEELAAA!!!* ♫** — puxa, eles são bem afinados.

A caixa diz que o sistema travou. "Eu mereço!", Alice pensa. A funcionária chama o gerente para destravar, e lá se vai qualquer tentativa de ser rápida. Pelo menos uma dúzia de cidadãos de terceira idade agora cercam a moça, sacudindo bengalas e andadores. Eles vêm em câmera lenta, é verdade, mas estão cada vez mais perto. Alice improvisa:

— **TÁ VENDO? FOI A ENERGIA RUIM! A SENHORA VEIO AQUI COM ESSA VIBRAÇÃO NEGATIVA, O SISTEMA ATÉ CAIU!!!**

Não funciona. Nem um pouco. Na verdade, a idosa sequer ouviu, pois ajeitava o aparelho de surdez em seus óculos. Mas agora Alice também já tinha perdido o apoio do senhor que havia liberado sua passagem na fila, que brandia ferozmente seu guarda-chuva. E dos quatro caras de abadá comprando vodca e refresco em pó, que balançavam a cabeça desaprovando. A tensão aumenta quando uma bengala da Obabox, com lanterna e alarme, espatifa a vitrine de aparelhos de barbear.

— CANCELA!!! CANCELA!!!

A horda sênior se aproxima, o linchamento é iminente. Alice sua frio e espera o pior.

O gerente chega, sobe em um engradado e anuncia:

— Queridos clientes amigos, queria dizer que estamos distribuindo amostras grátis de polivitamínicos e fitoterápicos no corredor três. Com torradinhas chiques! Uma delícia, viu!

Dá certo. A multidão muda de alvo e agora se dirige ao corredor três, em busca de suas cápsulas de barbatana de tubarão. O gerente destrava o sistema e a caixa passa o restante das poucas compras. Alice, ainda tremendo, entrega seu cartão de crédito e agradece. O gerente lê o nome dela no cartão.

— Não fiz para bancar o herói, Alice — ele diz, sério. — Meu turno já acabou e hoje foi meu último dia nesse inferno. Amanhã estarei em outra filial, em outro bairro. Mas a dona Irene... essa não irá esquecer. Ela nunca esquece. E não deixará isso passar impune, Alice.

— M-mas... eu não fiz por mal!

Ele a segura pelos braços e olha em seus olhos.

— Quer um conselho, Alice? Você é jovem. Pelas suas compras, mora sozinha, talvez com a visita eventual de algum interesse romântico. Vá embora desse bairro, Alice! Deixe tudo para trás!

— Mas eu acabei de renovar meu aluguel!

— Pague a multa e vá embora, Alice! Apenas vá! Eu... eu não posso ficar mais. Não tem ginkgo biloba para todos. Eles estão voltando! — alerta o gerente, antes de desejar boa sorte à caixa e sair, apressado.

ALICE, AINDA ATÔNITA, pega suas compras e sai correndo, carregando tudo embaixo do braço, porque esqueceu de trazer sua sacola de casa. E não era maluca de voltar ao inferno para pedir uma.

Nunca vou desistir de você.

ERA UMA DAQUELAS LOJAS MODERNINHAS, com vendedores animados que parecem estar em uma eterna balada. Um remix de *Never Gonna Give You Up* tocava em um volume que incomodaria até o próprio Rick Astley, mas Carlos não pretendia demorar muito mesmo.

— Oi, vocês têm carteira masculina?

— Claro! — o vendedor responde. — O Luli vai pegar pra você no estoque! Pega lá, Luli?

O Luli sai e o vendedor segura o cliente em potencial.

— Ele já volta com as carteiras pra você escolher. Qual é teu nome?

— Carlos.

— Prazer, meu nome é Jack.

— Legal, Jack. É que eu não vi as carteiras na vitrine, por isso...

— Tá animado pro feriado?

— Hein? Ah, tô.

— Vai curtir por aqui ou viajar?

— Viajar...

— Vai hoje mesmo ou só amanhã?

— Hoje mesmo... Por isso tô meio com pressa, inclusive.

— Aqui por perto ou para longe?

— É... aqui pra serra. Perto.

— Que maneiro! Qual lugar?

— Olha, é que eu só queria ver uma carteira...

— Imagina, é que a nossa loja é assim, amigona dos clientes! Tudo brother!

— Tá.

— Você pode pensar que é papo de vendedor, mas nem é.

— Tá.

— A gente se importa meeesmo! Coisa de amigo.

— Tá...

— Mas pra qual lugar você vai, Carlos?

— É... Araras.

— Tens parente lá? Vai sozinho?

— Mas cadê essa carteira, hein?

— Relaxa, Carlos. O Luli tá trazendo.

— É que ainda vou pegar a estrada e...

— Imagina, eu super entendo. Mas vai ficar onde lá em Araras?

— Casa do meu sogro.

— Ah, que legal...

— É isso.

— Carlos, não vai perguntar se vou viajar no feriado?

Carlos lança um olhar assassino, solenemente ignorado pelo vendedor. Então respira fundo e pergunta:

— Você... vai viajar no feriado?

— Vou.

— Então tá.

— Não vai perguntar pra onde?

Carlos bufa e desiste.

— Pra onde tu vai?

— Ali perto de Araras também! Não vai perguntar se eu vou sozin...

— Ô, pombas...

Luli chega com as carteiras. Para de sacudir os ombros no ritmo da música quando percebe o climão. Ele dispensa Jack e assume dali. Carlos escolhe uma das carteiras que estavam com desconto, paga e vai embora, enfim.

• • •

ALGUMAS HORAS DEPOIS, Carlos está parado no acostamento da RJ-123 com o pisca-alerta ligado. De dentro do carro, sogros, crianças e esposa acompanham sua luta contra um pneu furado, um macaco hidráulico e uma chave de roda. Carlos está perdendo feio. A chuva fina e gelada começa a cair e ele pragueja, enquanto descarrega as bagagens em busca do estepe na mala. Derruba o pneu na pequena poça, que respinga em sua camisa. Solta um palavrão. A esposa abre uma fresta da porta e diz pra ele relaxar porque já chamou o seguro: "Liguei pro cartãozinho na sua carteira".

— Que cartãozinho na minha carteira? — pensa alto, no instante em que um outro carro para logo atrás. Ele reconhece o remix de *Never Gonna Give You Up* tocando na aparelhagem tunada. Antes que possa esboçar qualquer reação, quatro animados rapazes descem dançando do veículo, trocam o pneu de Carlos com a eficiência de uma equipe de Fórmula 1, guardam o furado na mala, recolocam as bagagens organizadas por cor e tamanho e voltam dançando para seu veículo.

Carlos está sem reação. Ele olha para o carro e reconhece Jack ao volante, que baixa o vidro e resume, antes de acelerar cantando pneu:

— A gente se importa meeesmo.

AINDA QUE ENCOBERTA PELOS VERSOS "never gonna give, never gonna give / give you up", Carlos percebe uma certa mágoa naquele tom de voz.

O padrinho.

OS TRÊS HOMENS ESTÃO SENTADOS EM SILÊNCIO, lado a lado, aguardando. A única luz no escritório vem da luminária de bronze posicionada sobre a imponente mesa de Don Vito, que saboreia, sem pressa, seu *antipasti*. O tilintar da faca sobre o prato de porcelana aumenta a apreensão de Genaro, o menor e mais assustado dos três sujeitos, durante aqueles longos minutos que se arrastam sob o olhar ameaçador de capangas. Don Vito enfim leva o guardanapo de linho até a boca e, sem levantar os olhos, faz sinal para o primeiro capanga, que anuncia:

— Vocês três devem favores ao padrinho, agora é hora de pagar.

O capo dobra seu guardanapo sobre a mesa e se dirige a Genaro:

— Genaro. Quando você abriu sua loja e estava tendo problemas com arruaceiros, eu te ajudei, não foi?

— B-bem...

— Pois agora eu preciso que você retribua o favor. Você irá matar um policial.

Aquilo cai como um raio na cabeça do pacífico Genaro.

— Meu Deus! E-eu nunca fiz isso, eu nunca nem peguei numa arma, gente! E-eu não posso...

— Por acaso você está dizendo que não vai pagar a dívida com o padrinho? — rosna um dos capangas.

O mafioso faz um gesto para o brutamontes se acalmar. E, com sua voz serena, decreta:

— Me faça esse favor e ficaremos quites, Genaro.

O pequeno Genaro, desnorteado, apenas concorda com a cabeça, tentando não tremer o resto do corpo. Don Vito olha para o segundo sujeito, um tipo magro e carcomido, com cara de poucos amigos e uma larga cicatriz em "V" na testa, como um segundo par de sobrancelhas zangadas — o que reforçava sua cara de poucos amigos:

— Tagliare. Quando você precisou esconder o cadáver da sua sogra, quem te ajudou?

— O senhor, padrinho — ele responde de pronto. — Aquela bruxa teve o que mereceu, eu piquei ela bem picadinha com uma faca de pão!

— *Bene*. Agora preciso que você me faça um favor à altura.

— O que o senhor quiser, Don Vito.

— Abre esse vidro de azeitona aqui pra mim?

— Mas é claro, padrinho! — *poc!* — Pronto, ó. Tá aberto.

— Viu, eu falei que era jeito — diz Don Vito para os capangas. E, de volta a Tagliare: — 'Os menino' aqui não consegue, diz que é ruim de pegar, a tampa escorrega...

O capo oferece as azeitonas, mas ninguém aceita. Come uma e completa:

— Bem, muito obrigado, Tagliare. Sua dívida está paga, pode ir.

Genaro está estupefato quando Tagliare se levanta e sai. Don Vito chama o terceiro sujeito:

— Cicatrice...

Em um súbito e inconsequente acesso de coragem, Genaro interrompe:

— D-desculpe, padrinho. Mas... tipo assim. Esse negócio do policial e tal. É que eu realmente nunca matei ninguém, nem uma mosca. Daí que eu tô vendo que tem gente mais capacitada, né? Esse cara que saiu, por exemplo, já era um assassino e...

— Você está dizendo que não vai honrar sua dívida? — o capanga desabotoa o coldre dentro de seu paletó.

— Nós te ajudamos com os arruaceiros — pondera Don Vito.

— N-na verdade, não eram beeem arruaceiros, sabe? Eram meus sobrinhos da igreja, que vieram me ajudar com a pintura da loja. Mas seus rapazes chegaram e espancaram os garotos...

Olham feio para ele.

— N-não, eles tão bem, foram só algumas poucas fraturas. Já até tiveram alta e voltaram pra casa deles!

— A pintura ficou melhor, não? — pergunta o segundo capanga.

— Então... eu não teria escrito "Elliot Ness testa di minchia" na parede, mas...

Olham mais feio para ele.

— Mas ficou bonito sim. As plantinhas que minha mulher colocou na frente já ajudaram um pouco...

Olham bem feio. Feio mesmo.

— Não, mas eu vou pagar! Pode deixar, padrinho! Matar um tira, né? Tá bom. Como faz isso? Ah, eu descubro. É um policial só?

— É. O Gordo. Aquele velhote manco metido — prague ja um dos capangas.

— Gordo, velhote e manco. Acho que consigo sim. Não que eu seja um desses capacitistas, respeito todo mundo, numa boa.

Don Vito retoma seu assunto com Cicatrice, o terceiro e enorme sujeito, ainda mais barra-pesada que o picador de sogra que já havia saído.

— Cicatrice. Quando você precisou fugir depois de metralhar o convento, quem te ajudou?

— O senhor, meu padrinho. Aquelas freiras estavam me enlouquecendo com tanta cantoria. Aí, eu e minha metralhadora thompson ajudamos elas a cantar pra subir. Mas estou aqui para pagar minha dívida. Quer que eu mate quantos?

— Bem, tem esse vidro de palmito aqui...

— Ah, não! Abrir o vidro eu mesmo abro! — diz Genaro, que se joga na frente e pega o pote. — Isso eu sei fazer, pronto, ó: abertinho! Agora é o Cicatrice que me deve um favor, né? Aí é só ele matar o tal policial e tá tudo pago! Que tal assim, gente?

Os capangas estão boquiabertos.

— Por que *catzo* você abriu o vidro de palmito?!?

— Não sabe que quando abre tem que comer tudo senão estraga?!?

— M-mas eu...

Don Vito agora já não está calmo.

— O vidro era pra ver o endereço da fábrica de palmito, *stupido!* Agora você arrebentou a etiqueta, não dá pra ler!!!

— E-eu colo de novo pro senhor, pode deixar!

— Não adianta! Rasgou tudo as letrinha pequena, olha só! Como vai ver o endereço?

— E-eu procuro! Na lista telefônica!

Don Vito contém momentaneamente o brilho homicida de seus olhos.

— *Buona idea*. Vai ter que ver o endereço na lista. Cicatrice, me alcança ali a lista de telefone?

Cicatrice prontamente pega a lista na estante e a entrega ao chefe.

— Muito agradecido — diz Don Vito, lambendo a ponta dos dedos enquanto vira as páginas. — E esse favor quita sua dívida comigo, Cicatrice. Pode ir.

Genaro morde sua boina para não ter um treco, enquanto Cicatrice agradece e sai. Don Vito aponta a lista para os capangas.

— Aqui está o endereço. Bem, agora alguém tem que ir lá para matar aqueles porcos sanguinários, os cinco irmãos Palmitelli.

— Eles estão bem armados.

— Vai ser violento.

— Olha, amigos, eu já tenho que matar um policial, tô até de saída... — tenta argumentar Genaro, se dirigindo para a porta: — Afinal, é o meu favor, né?

Um dos capangas impede sua saída. O outro atende o telefone que tocava.

— Padrinho, era o Carlo ao telefone. O policial que esse cara tinha que matar está morto.

Genaro olha para os céus em agradecimento.

— Ufa! Mas que dia, não? Bem, então eu devo um favor pro Carlo, né? Beleza, vou ver se ele precisa de ajuda com as compras ou coisa assim. Tô indo, gente!

— Não, o Carlo não fez nada, o Gordo morreu de infarto — diz o capanga que atendeu o telefone. E completa: — Aquele velhote cegueta nem sabia atirar.

Don Vito se levanta, puxa Genaro pelo colarinho e vocifera:

— Bem, Genaro. Você ainda me deve um favor. E eu quero os cinco irmãos Palmitelli mortos!!!

Foi nessa hora que o Genaro caiu duro. Os capangas tentaram jogar água na cara dele, mas ninguém conseguiu tirar o lacre da garrafinha.

SÓ ACORDOU DO DESMAIO QUANDO O FBI JÁ HAVIA INVADIDO O LOCAL. "Acabou para vocês, Don Vito! Antes de morrer, o Gordo deu a localização do cafofo!", bradavam os agentes de Elliot Ness enquanto Genaro recobrava a consciência. O pobre homem agarra a perna de um dos policiais e começa a chorar compulsivamente:

— Obrigado!!! Eu não tenho nada com isso! Eles são malucos!!!

— Você não é da máfia?

— Não! Sou comerciante. Da lojinha de flores, uma simples e inofensiva lojinha de flores! Por favor!!!

— Peraí, da Genaro Flores? — pergunta o agente que algemava os mafiosos.

— Isso! Genaro Flores! Eu sou o Genaro, da Genaro Flores!!!

— Aquela que tá escrito na fachada "Elliot Ness testa di minchia"?

— B-bem, eu....

Empanado(a)'s.

O CASAL ENTRA NO NOVO RESTAURANTEZINHO INSTAGRAMÁVEL:

—Viemos aqui conhecer a casa. Vê duas águas e... vocês têm empanada de quê?

— Não são empanadas, são empanados.

— Empanados?

— É, tá escrito na fachada: Empanado's!

— Ah.

— Seu novo conceito em experiência e sabor! Afinal, qualquer coisa coberta com generosas e sucessivas camadas de farinha de rosca e depois frita longamente em imersão fica beeem mais gostosa: temos bife à milanesa, frango à milanesa, iscas de frango à milanesa, nuggets, coxinha, salsicha empanada, camarão empanado, dadinhos de queijo coalho empanados, provolone à milanesa empanadinho... tô até salivando!

— E não tem nada que não seja empanado?

— Tem. Parmegiana. Que é empanado, mas depois ganha molho. Perde um pouco a graça? Perde, mas vocês podem escolher entre farinha panko ou temperada, óleo de soja ou de girassol... hmm, que delícia!

— Não, é que a gente pensou que...

— Já saquei a de vocês. Devia ter desconfiado. O casalzinho aí é mais um da turma da air fryer, né? "Ui, é muito mais saudável! Ui, meu colesterol". Sim, mas e o sabor? E aquela casquinha crocante e voluptuosamente dourada que só a fritura raiz traz? Ou vocês chamam aqueles palitos com gosto de papel machê de batata frita?

— Bem, até concordo que a batata frita não fica assim tão maravilhosa, mas...

— Pois aqui no Empanado's nossa batata frita é frita, depois empanada, depois congelada, empanada mais uma vez, frita mais uma vez e depois frita de novo! Vocês vão ficar loucos! Posso pedir pro casal? Ainda mando de brinde dois ovos fritos empanados!

— Não, olha, a gente já vai. Traz a conta das bebidas?

— Jura? Bem, vocês é quem sabem. Aqui está.

— Isso é um... risole?

— A conta vem dentro! Somos o Empanado's!

O padrinho II.

DON VITO ESBRAVEJA EM SUA CELA.

— Você ainda me deve um favor! E tem gente aqui nessa cadeia que eu quero ver mor... — O mafioso interrompe a fala ao perceber a chegada de alguém: — Depois conversamos, o guarda está vindo com a comida.

O carcereiro entrega uma bandeja e Don Vito cochicha com ele:

— Guarda, quem te ajudou quando sua mãe ficou doente?

O carcereiro olha pros lados, verifica que estão sozinhos e cochicha de volta:

— O senhor, Don Vito. Não esqueci. O que o senhor precisa? De uma serra de metal, uma picareta?

— Não, quero só mais um pãozinho mesmo.

De seu beliche, Genaro resmunga, em alto e bom som:

— O senhor não tem lá muito critério presses lances de favor, né?

E retoma seu artesanato de flores de papel higiênico reciclado, nem aí pra mais nada.

O Cavalinho Amigo.

A VETERANA AUTORA DEU UM GOLE NA CANECA DE CHÁ e tentou se encontrar entre as mais de vinte janelinhas abertas ao mesmo tempo em seu monitor. Desistiu quando a editora-sênior tomou a palavra e sua imagem ocupou toda a tela da videoconferência:

— Queria começar dizendo que para todos nós é uma imensa honra ter a grande dama da literatura infantojuvenil conosco! De nossa parte – e falo por mim, pela Ju, pela Fê, pelo Mau, pelo Vi e toda equipe – queremos fazer de seu novo livro um sucesso!

— Muito obrigado — ela agradece, mesmo sem saber quem eram aquelas pessoas. — Agora entendi porque vocês fazem reuniões pelo computador. Jamais caberia tanta gente em uma sala!

Todos riem com *kkks* e emojis amistosos no chat, para não atrapalhar o fluxo. A editora retoma sua fala.

— Somos muito, muito fãs. Acho que todo mundo aqui cresceu lendo seus livros. Gerações e gerações de leitores. A Sô, por exemplo, já começou a ler para os filhotes dela!

— Me sinto honrada — disse a autora. — É para eles que escrevo, e espero que logo estejam lendo sozinhos!

— Na verdade, os filhotes da Sô são um gato e uma samambaia.

— Não são filhos humanos, mas eu sempre leio para eles — disse a Sô.

Emojis e gifs de gatinhos pululam pelo chat. A velha autora deu mais um gole em sua caneca. A editora prosseguiu:

— Então, amores. Essa *call* é para que alinhemos melhor alguns pontos. Afinal, o mercado editorial enfrenta novos desafios.

— Ih, querida, o mercado editorial já estava em crise quando lancei meu primeiro livro — a veterana brinca. — E de lá para cá foram algumas dezenas de títulos.

Muitos aplausos, coraçõezinhos e mãozinhas agradecidas no chat. A editora retoma a palavra.

— Sim, todos de muito sucesso! Mas estamos lidando com novas regras e adequações, principalmente na parte do marketing. A Fê vai falar melhor.

— Estamos muito atentos aos novos *target points* — explica a Fê. — O livro está maravilhoso, é claro! Mas gostaríamos de sugerir uma mudança no título.

— Qual o problema com "O Cavalinho Amigo"? — a autora quis saber.

— Achamos meio genérico — disse a Ju.

— Mas é sobre um cavalinho que é amigo de uma garotinha!

— Acho confuso — arriscou a Sô.

— E não é muito... vendedor — disse a editora-sênior. — Precisamos de algo que aumente o *call to action*. O Mau vai explicar melhor.

— Precisamos de algo mais apelativo. Título agora tem que ser apelativo — vaticinou o Mau, já completando: — Tipo... a senhora lembra da moda daqueles livros *A Arte de Zaralhar o F*da-se*, *Sou F*da tiriririm* e *Como Ser o F*dão da P*rra Toda*?

— Ah, não! De jeito nenhum lançarei um livro infantil com palavrão na capa! — a velha dama ralhou.

— Não, a gente também não gosta! — concordou a editora-sênior.

— Baita falta de bom gosto. — completou a Fê.

— Ah, tá. — disse a autora, aliviada.

— Mas venderam horrores! Tinham apelo — disse a Pri do financeiro, seguida por uma avalanche de emojis de cifrão no chat.

O Mau pediu a palavra novamente:

— E se fosse um lance com uma pegada assim mais *mindset*? Algo com atitude, que tire o leitor da zona de conforto com uma provocação. Minha equipe trabalhou nisso e trouxemos algumas sugestões. O Lê vai explicar melhor.

O Lê compartilhou sua tela com o powerpoint. As sugestões eram "Seja Você Seu Próprio Cavalinho", "Galopando Para o Sucesso Como Um Equino Alfa!", "Potro Otário Toma Coice" e "Vai Relinchar, Teu Bebezão?". A dama desistiu de seu chá.

— Meus leitores estão no ensino fundamental. Parece que, ao invés de cativá-los, vocês querem assustá-los e ameaçá-los!

— Não é ameaça, é um... estímulo. — disse a Fê.

— Pelo amor de Deus! — a velha dama está claramente aborrecida. — Daqui a pouco vão querer que o título seja "Sequestramos Sua Mãe, é Melhor Comprar Este Livro"!

Todos se entreolham. O Vi da arte falou com bastante jeitinho:

— Nosso objetivo aqui é viabilizar o próximo best-seller da grande dama da nossa literatura! Queremos que tudo seja perfeito! A senhora viu o novo layout da capa?

— Acabei de ver. E me desculpem, mas eu odiei. Por que vocês trocaram meu ilustrador? Ele tem um Prêmio Hans Christian Andersen!

— Mas é muito pouco ativo nas redes sociais — disse o Fi das redes sociais. — A gente precisa ampliar o leque. Por falar nisso, a senhora também não é lá muuuito ativa nas redes... A gente podia abrir uma conta sua no Tik Tok e...

— Quanto a isso não há a menor possibilidade! — a velha dama foi taxativa.

O Mau tentou contornar o climão:

— Esse ilustrador novo é um baita sucesso no insta! — ele disse. — Faz uma série onde recria personagens da Disney como se fossem Transformers, mas com uma pegada assim meio steampunk!

— Ele fez to-dosss os 101 Dálmatas como se fossem uma frota de fusquinhas-dinossauros a vapor! — completou a Fê. — E tudo usando aplicativo de Inteligência Artificial, nem precisa desenhar!

— É incrível! Zilhões de seguidores — reforçou o Mau.

— Mas por que diacho o Cavalinho Amigo virou um cavalo voador soltando raios? — quis saber a autora. — Não tem nada disso na minha história!

— É só uma metáfora — disse a Ju.

— Pô, ficou show! — completou o Lê. — Disruptivo pacas!

— Numa pegada meio Ursinho Paddington com Mad Max, meio *Pequeno Príncipe* com *As Crônicas de Gelo e Fogo* — disse o Tom do financeiro, mostrando sua tatuagem da Casa Targaryen, seguida de muitos emojis de dragões e gifs de *dracarys*.

— Definitivamente não gostei, gente! Mas já vi que nada que eu diga irá mudar o que já decidiram.

— De jeito nenhum! — disse a editora. — Queremos muito ouvir a senhora!

— É uma baita honra ter a senhora conosco — disse a Fê.

— A grande dama! — disse o Vi.

— Olha, façam o que precisar — disse a autora, visivelmente esgotada. — Só imploro que não toquem no título!

— Vamos ver, vamos ver — contemporizou a editora. — Precisa ter mais *reader's appeal*, mas prometo acatar suas sugestões.

COM A ILUSTRAÇÃO DE UM CAVALO VOADOR soltando raios na capa, *Sequestramos Sua Mãe, é Melhor Comprar Este Livro* foi lançado e fez relativo sucesso. Mas logo perdeu seu posto na lista de mais vendidos entre os infantis para *Vamos socar um panda se você não comprar* e *Envenenamos a caixa d'água do seu prédio, o antídoto será enviado se você nos mostrar a nota de compra deste livro.*

Seu Mathias.

ESPARRAMADA NO SOFÁ, Helô admirava a casa nova de Júlia, que buscava mais vinho na cozinha.

— Que legal o seu apê!

— Gostou? Eu também estou amando! Foi um negócio ótimo!

Helô comentou o bom arejamento e o espaço para as plantas, até que tomou um susto. Ela poderia jurar que viu sua taça se movendo sozinha sobre a mesinha de centro. Esperou um pouco para ter certeza que não era culpa do vinho já consumido. Mas aconteceu de novo e ela deu um grito. Júlia, de volta à sala, perguntava o que houve.

— O copo! Meu copo se mexeu sozinho! Eu tenho certeza! Aqui na mesinha! Minha taça estava aqui e foi pra cá!!!

Júlia tentava acalmá-la, mas a porta do corredor bateu de repente, apavorando ainda mais a Helô.

— Calma, tudo tem uma explicação — disse Júlia, tranquila. — É o seu Mathias.

— Que seu Mathias? Não tem mais ninguém aqui!

— Seu Mathias era o antigo morador desse apartamento. Ele já morreu. Mas ainda continua meio por aqui, entende? Ele é gente boa, não precisa ter medo.

— Você tá dizendo que tem um espírito aqui, é isso? — Helô estava em pânico. — Sua casa é mal-assombrada?!?

— É, tem um espírito. O seu Mathias. Mas tá longe da casa ser mal-assombrada! Eu diria até que é bem-assombrada, né? O seu Mathias é super organizado, não deixa nada fora do lugar... Você não viu que ele colocou seu copo no descanso pra não manchar a mesinha? Seu Mathias se preocupa com a madeira, já você, né?

— Tá doida, Júlia?

— Ele também fecha as portas pra não dar aquele vento encanado. Sabia que eu nunca mais tive sinusite desde que vim pra cá?

— Júlia, eu não acredito que você acha isso normal!

— Amor, ninguém queria comprar esse apartamento, o preço tava lá embaixo. Eu fiz um ótimo negócio!

— Mas olha ali o quadro! — gritou Helô. — O quadro da parede fica se mexendo!!!

— É, o seu Mathias endireita os quadros também. Ele gosta de tudo arrumadinho. Acho que ele tem TOC — cochichou, rindo.

Helô tentava assimilar aquilo tudo, mas a coisa se complicou quando a TV começou a trocar de canal sozinha. Ela havia pausado o filme enquanto Júlia estava na cozinha e achou que agora já era meio abuso do fantasma. Mas Júlia explicou que estava mesmo na hora da reprise da novela, o seu Mathias não perdia um capítulo e eles gostavam de ver juntos. As duas brigaram. A coisa descambou para Helô dizendo que tinham que chamar um padre ou um exorcista para expulsar o encosto imediatamente, e aí a Júlia, taxativa, disse que de jeito nenhum: o seu Mathias fica.

— Então saio eu!

E a Helô saiu mesmo. Batendo a porta com tanta força que até tremeu o quadro do corredor. Dessa vez ele não voltou para o lugar sozinho, mas um bipe na cozinha indicava que micro-ondas estava ligado.

— Opa, lembrou da nossa pipoca, né, seu Mathias! Vem logo que a novela hoje tá ótima!

Banca de jornal.

A BANCA DE JORNAL VENDE CIGARRO, crédito de celular, carregador de celular, cabo USB, lanterna de LED, ring light, ventilador portátil, super bonder, pilha palito, isqueiro chique, isqueiro vagabundo, gudang, seda, fumo de cachimbo, incenso, batom garoto, paçoquita, chinelo havaianas, adesivo de time, de deus que me deu, de seu madruga, bola de futebol, mini bola de futebol, funko pirata do shrek, boneco de minecraft com batman, de patrulha canina com hulk, de stormtrooper com sonic, de ladybug com thor, salgadinho fofura, amendoim japonês, mate, água, cerveja latão, refrigerante, red bull e gatorade.

— Moço, tem jornal?

— Tem, dona. Mas tô usando de calço na geladeira do gatorade.

Chico Parede.

DOS TORCEDORES DO ALAMBRADO DA PELADA, ninguém era mais chato do que o Augustinho Corneta. "Daí é de chapa, Fulano, é lado do pé, ó!"; "Tá marcando errado, Beltrano!"; "Era só dar um tapa pra dentro, Sicrano!". Ninguém sabia muito qual era a dele. "É amigo de alguém?", "Quem trouxe esse cara?", "Vai jogar a de fora?". Augustinho estava sempre por ali em dia de futebol, tomando umas cervejas perto de sua mãe, dona Auzirinha, que ficava sentada em sua cadeira de plástico, "pegando a fresca". Enquanto isso, o filho cornetava. Em especial, o goleiro Chico Parede.

— Essa até minha mãe pegava, Chico!

Chico era a estrela da pelada. Jogou na base do Vasco, vejam só. Quando estourou a idade do sub-20, "os antigos juniôres", foi dispensado. Peregrinou por aqui e ali em times do interior, não se firmou como profissional, até que desistiu e trocou de carreira. "Tinha nível de seleção, mas não deu sorte", comentavam os mais velhos. "Se fosse hoje, tinha ficado rico lá na Europa. Mas faltou cabeça". Ele era meio esquentado mesmo.

— Ah, é? E tua mãe era goleira?

"Deixa disso, não desrespeita a mãe do cara", "a senhorinha usa até andador", botavam panos quentes. Mas Chico não conseguia deixar pra lá. Tinha orgulho próprio. "Joguei no Vasco, pô!". Não era qualquer peladeiro, afinal. Semana após semana, Chico se esticava todo para buscar a bola no ângulo, fechava o gol, mas bastava umazinha passar pra ele ouvir:

— Essa até minha mãe pegava, Chico!

E tome do povo encarnar. Dona Auzirinha, miudinha em seus chinelos e vestido de malha, levantava o copinho de cerveja e confirmava: "fui goleira no colégio de freiras!". Mais risos, Chico se segurando para não ter um troço. Como goleiro que quase se firmou como profissional, Chico ouviu sua cota de "frangueiro" e "mão de alface" das torcidas adversárias. Nada disso o abalava: "era nível de seleção, pergunta pros mais velhos".

Só que o "essa até minha mãe pegava, Chico", não descia. Ali tinha um escárnio embutido, que batia nele como um bordão de programa de humor ruim, ainda mais porque era seguido pela claque do alambrado. O goleiro apenas mentalizava o mantra "Cabeça, Chico. Cabeça".

Numa dessas, Chico saiu meio sem freio para cima do atacante que entrava na área. O juiz deu pênalti. O Pezão ajeitou a bola na marca como se fosse um saco de cimento. Chico catimbou, gingou sobre a linha, fez que ia para um lado, abriu os braços e estufou o peito. O juiz apitou e Pezão soltou a bomba, no canto oposto ao goleiro. Todo o alambrado olhou pro Augustinho, que, de propósito, esperou acabar seu gole de cerveja antes de mandar:

— Essa até minha mãe pegava, Chico!

A galera explodiu no riso. Aí o Chico Parede perdeu a cabeça:

— Ah, é? Pegava? Então traz a Dona Auzirinha pra cá!

— Trago mesmo, ela era goleira no colégio de freiras, né, mãe?

— Traz a velha!

— Olha que eu trago, hein!

A turma do 'deixa disso' entrou em ação: "que ideia errada, Chico!", "É só uma velhinha, isso não tem cabimento!". Chico jogou as luvas longe e foi embora, furibundo. "E daí que ela foi goleira na escola? Mais um motivo para respeitar um profissional! Esse cara é muito folgado!". Sob a séria ameaça de Chico abandonar de vez a pelada, o povo concordou que Augustinho estava mesmo passando dos limites e merecia uma lição.

A notícia se espalhou e o alambrado lotou na semana seguinte. Conforme o combinado, o juiz logo inventou um pênalti contra o time do Chico, que caiu alegando câimbras e pedindo substituição. Era o que todos esperavam. Enquanto Pezão ajeitava a bola na marca da cal, surge Dona Alzirinha, camisa de goleiro sobrando naquele corpinho curvado. Entregou o andador para o Chico e seguiu, determinada em seus passinhos curtos. Até que estava bem para seus 78 anos, pensou Chico, talvez se arrependendo. Dona Alzirinha chegou no meio do gol e pediu para trocar seus óculos pelos bifocais. Em seguida, olhou bem na cara de Pezão, séria. Então cuspiu nas luvas, esfregou uma na outra, deu um passinho para a direita e disse: "manda".

O PETARDO DE PEZÃO PASSOU PELA CABEÇA DA IDOSA ZUNINDO COMO UM TIJOLO SUPERSÔNICO, estufando a rede, seco.

Aquilo encerrava o caso. Chico lança um olhar de fúria e vitória para Augustinho Corneta. Mas este não se abala:

— Que foi? Ela acertou o lado, você nem isso.

Foi a última coisa que ele disse antes de perceber o andador voando em sua direção. Ao Chico, faltava cabeça mesmo.

Largados.

— SEJAM BEM-VINDOS AO *LARGADOS E FERRADOS!* Como mandam as regras, vocês passarão os próximos 20 dias nessa ilha perigosa e inabitável, enfrentando o frio, a chuva e os animais selvagens, contando apenas com suas habilidades de sobrevivência! Para ajudá-los nesse desafio extremo, cada um de vocês poderá trazer um item. Roger, o que você trouxe?

— Bem, eu sou ex-fuzileiro. Por isso, conto com minha faca militar, que será útil para construir armadilhas e caçar comida, como pequenos roedores.

— Excelente. Tiffany, e você?

— Fui criada nas montanhas. Só preciso dessa pederneira para fazer fogo e cozinhar a proteína que conseguirmos, mesmo que venha de insetos ou larvas!

— Ótimo! E você, Nenê?

— Trouxe esse vidro de ketchup Arisco picante. Seja lá o que eles caçarem, dá pra comer qualquer coisa com ketchup!

E foi assim que Nenê se tornou o primeiro carioca a vencer o programa.

Algô.

— TÁ VENDO O QUÊ?

— Uma série nova. Mas comecei agora, deve ter uns cinco minutos.

— Ah, então sai e vamos ver aquele filme!

— Err...

— Tô pegando a pipoca!

— É que...

— O que foi? Não tá no começo?

— Tá, mas...

— Então bota no filme!

— Olha, não vai dar, amor. Se eu sair da série agora... o algoritmo vai achar que eu não gostei.

— O quê?

— O algoritmo. Ele vai achar que eu não curto seriado de suspense.

— Ué, e daí?

— Daí que ele vai zoar toda a minha página, Marilene!

— Tá brincando, né!

— Você não sabe como é esse algoritmo! Se eu der mole, ele vai começar a me oferecer standup de comediante ruim e programa de bolo que não parece bolo! Um inferno!

— Deixa de ser ridículo, Roberto!

— Ridículo? Pois foi assim que eu acabei maratonando *Crescidinhos*, Marilene! Caí na asneira de ver o trailer de um episódio, acabei vendo a temporada inteira! E tome do algoritmo oferecer *Crescidinhos Japão*, *Crescidinhos Estados Unidos*, *Crescidinhos Latin America*... Nem o Padre Claudio gosta tanto assim de garotinhos voluntariosos, Marilene!

— Então fica aí que eu vou ver o filme sozinha.

— Não, peraí: é filme de quê?

— É de suspense, que nem essa tua série.

— Não, tá, a gente vê aqui. Porque aí eu tô trocando suspense por suspense e o algoritmo pode ficar de boa.

— Mas é no Prime, tem que sair da Netflix.

— No Prime? Não rola. Deixei ligado lá dentro, maratonando *Shark Tank Brasil*, pra ver se o algoritmo deles para de me oferecer filme de porrada ruim com Bruce Willis só fazendo ponta.

Tênis azul.

ELE LIA UMA MATÉRIA QUALQUER NO SITE DO GLOBO ESPORTE, quando reparou num banner com um tênis azul que achou bacana. Clicou no link e deu uma olhada rápida na loja. Não tinha tamanho 42, as variações de cores não eram tão legais assim. Deixou pra lá. Pouco tempo depois, no Facebook, lá estava o mesmo tênis azul na janelinha dos patrocinados. Não demorou muito e o tênis azul de sola branca surgia também na barra de anúncios de um aplicativo grátis recém-baixado no celular. E no feed do Instagram. E em todo e qualquer site de notícias, esportes, entretenimento. Ele ignora. Até que recebe um e-mail de ofertas em seu nome com a foto do tal tênis azul. Um arrepio percorre sua espinha. Ele sai do computador e verifica as trancas da porta. O telefone toca. Do outro lado, uma voz metálica anuncia "tênis canvas nike azul cobalto em 12 vezes". Desliga o telefone, assustado. Tarde da noite, ouve passos no corredor. O barulho de solado de borracha nova no piso de taco. Pensa em ligar para a polícia, mas o celular está travado numa tela de ofertas da Netshoes. Ele pula a janela e sai correndo por sua vida, descalço. As ruas estão desertas. A delegacia fica a poucos quarteirões, vai dar tempo – ele pensa, antes de tropeçar em algo. Tentáculos azuis com ponteira de cadarço se enrolam em suas pernas, formando um laço perfeito antes de puxar o pobre homem para a escuridão de um beco. Tarde demais.

Pizza rápida.

— TERCEIRO ANDAR, MAS NÃO TEM ELEVADOR — ela se desculpa, apertando o botão do interfone para o entregador de pizza.

— Tem problema não, dona, tô subindo!

A campainha toca, ela abre a porta e recebe sua caixa fumegante.

— Puxa, até que veio bem rápido!

— Comigo é rápido mesmo, madama! Melhor pizza da região! Artesanal e chega rapidinho!

— Que ótimo!

— Pode conferir!

— Vou mesmo e... ih, meu pedido veio errado! É que pedi calabresa e veio só muçarela...

— Veio sem calabresa? Tá tranquilo, dona. Eu vou lá e troco pra senhora!

— Mas aí vai demorar. Olha, isso é meio chato. Primeira vez que peço e já acontece isso.

— De jeito nenhum, senhora. Me devolve essa pizza aí que eu vou lá e já volto com a sua de calabresa, pode deixar!

Ela fecha a porta, meio decepcionada. Senta no sofá e volta para sua série. Logo o interfone toca novamente.

— Sua pizza, dona!

— Uau! Voltou rápido mesmo!

Ele sobe as escadas correndo e entrega a pizza, orgulhoso de sua eficiência.

— Eu falei, dona! Pode conferir: calabresa super no capricho!

— Agora sim! Ih, amigo... mas sem cebola? Eu disse que era com cebola.

— Disse, é? Não, beleza. Podeixá. Devolve que a gente resolve isso num minuto, dona!

Ela fecha a porta, despausa a série, o interfone toca, ele sobe correndo.

— Sua pizza, dona! Caprichada na cebola!

— Ué, você tá chorando?

— Não senhora, dona. Alergia.

— Mas olha só, assim é difícil. O folheto dizia que a pizza vinha com massa, molho, muçarela, calabresa e azeitonas. Veio errado de novo. Cadê a azeitona? Depois é a cliente que fica com fama de chata. Sinceramente, viu.

Ele olha pra escada e bufa.

— Azeitona, né, dona. Pode deixar. Um minuto.

Ela deixa a porta encostada e nem se senta. Pega água, confere a comida do gato e checa o relógio.

— Ué, agora o cara tá demorando pra caramba...
O que será que aconteceu com esse entregador, gente?

NA CALÇADA, AO LADO DA MOTO DE ENTREGAS com uma tábua de corte, linguiças calabresas, ralador de muçarela, meia cebola e orégano equilibrados sobre o baú de carga, ele luta contra um pote de azeitonas fechado e pede auxílio aos passantes:

— Ô, amigo, dá uma ajuda aqui com essa maldita tampa que não abre de jeito nenhum? Não é força, é jeito!

Largados II

— SEJAM BEM-VINDOS AO *LARGADOS E FERRADOS: Torneio dos Campeões!* Como mandam as regras, somente vencedores de edições anteriores podem competir. Vocês passarão os próximos 20 dias nessa selva tropical perigosa e inabitável enfrentando o frio, a chuva, os animais selvagens e os mosquitos da malária, contando apenas com suas habilidades de sobrevivência! Para ajudá-los nesse desafio extremo, cada um de vocês poderá trazer um item. Louise, o que você trouxe?

— Bem, eu sou das forças especiais francesas, por isso trouxe essa rede, que será útil para nos dar abrigo dos insetos e pescar.

— Excelente. Ariel, e você?

— Eu vim do serviço secreto israelense. Só preciso dessa cumbuca para cozinhar alimentos e ferver algumas ervas que servirão como repelente de insetos.

— Ótimo! E você, Nenê?

— Trouxe esse pack de latão. Com cerveja, os mosquitos não te picam. Ou picam e você nem sente, o que dá no mesmo.

E foi assim que Nenê se tornou o primeiro carioca a vencer duas vezes o programa.

Filme de mercenário.

— SEU PATRÃO TEM UM BELO GOSTO PARA ARTE, meu chapa.

— A desta vitrine é uma armadura espanhola, do século XV. Atrás de você, um traje de guerra samurai, século XII. *Au fait*, eu inclusive agradeceria se pudesse parar de bater as cinzas de seu charuto nela. Mas venha comigo, *s'il vous plaît*. O mestre o aguarda na biblioteca.

— Na verdade, já estou aqui, Alfredo. Pode voltar aos seus afazeres. Vai, chispa, Alfredo! Criados, sempre inconvenientes, aff.

— Então tu é o manda-chuva por aqui. O que tem pra mim?

— Senhor John Stryker! Fez um bom voo? Espero que sim. É um prazer recebê-lo. Sua fama o precede.

— É apenas o meu trabalho.

— Está sendo tão modesto quanto esse champanhe que Alfredo lhe serviu. Perignon 1959? O senhor merece coisa melhor. Afinal, estou diante do homem que derrubou governos na América Latina, enfrentou rebeldes na Síria e reconduziu o monarca Abdulah a seu trono.

— Faço o que precisa ser feito, e tenho meu preço.

— Sim, sim. Pago através de uma conta criptografada e não-rastreável, conforme suas detalhadas instruções. A primeira metade do pagamento já lhe foi enviada, não?

— É só por isso que estou aqui. Meu charuto incomoda?

— De forma alguma. Me acompanha em uma caminhada pelos jardins da propriedade? Alfredo irá catando as cinzas. Alfredo? Ah, você está aqui. Caminhe atrás de nós, mas mantenha essa distância, por favor. Não quero você ouvindo nossa conversa.

— Bem, o que vai ser, meu chapa? Imagino que seus inimigos sejam poderosos.

— Sim, decerto. Não se chega à minha posição de dono de um império global apenas enviando flores, você pode imaginar. Porém, meu maior inimigo é alguém que me tira o sono há décadas. E, a cada vez que acordo sobressaltado, me vingo aumentando uma taxa de juros ou quebrando alguns bancos. Não é saudável, preciso resolver essa situação.

— E onde está meu alvo? Algum bilionário russo? A yakuza japonesa?

— Não, não. Nada tão longe.

— Entendi. Os colombianos.

— Também não. Mais perto.

— Argentinos?

— Não.

— É aqui no Brasil?

— Aqui na cidade mesmo. Alfredo? O envelope, por favor. Neste envelope está todo o dossiê, senhor Stryker. Bem completo, com fotos recentes.

— O seu inimigo mora no... Grajaú, é isso?

— Sim, um aprazível bairro da zona norte.

— Casado, dois filhos, 50 anos e é... uber.

— Exato.

— Mas por que cacetes alguém... Bem, o dinheiro é seu. Considere-o morto.

— Matar? Não, não! É só um cuecão.

— Um... cuecão?

— Sim, um cuecão. Mas um cuecão dos bons! Caprichado.

— Um cuecão.

— É! E quando tiver puxando, você diz para ele: "Gerson, só porque você é muito maior que os outros acha que pode fazer o que quiser? Pois o Tetinha de Mamona da 601 mandou lembranças!"

— Tetinha de Mamona?

— Não repita!!! Eu não suporto esse apelido!!!

— Só preu entender, meu chapa: tu quer se vingar dum sujeito que te fazia *bullying* na escola?

— O Gerson. O Gerson era terrível! Repetente, né? Muito maior que o resto da turma. Eu e o Cardoso sofríamos.

— Mas, vamulá: Tu é dono de uma fortuna incalculável, mora nessa mansão absurda, comanda um império financeiro...

— E, cada vez que me lembro do Gerson, fico tão bravo que faço alguma besteira pra me sentir melhor! A crise de 2008? Culpa do Gerson! Ou melhor: do ódio que sinto do Gerson! Farra dos bitcoins? Gerson. O Ethereum também já era. Vai por mim, vou quebrar a economia do mundo se o Gerson não for punido e... o que você quer, Alfredo???

— *Pardon*, senhor. Mas lorde Cardoso está ao telefone. Parece que a notícia que o senhor contratou um *mercenaire* se espalhou.

— Tá, me dá aqui: Alô? Faaaaala, Nareba de Monoquilha!!!

Pênalti.

— E VAI PARA A ÚLTIMA COBRANÇA BETO FUBÁ, o Destruidor de Defesas! O Demolidor de Zagueiros! O Empalador de Adversários, o Arrombador da Pequena Área, o Estripador da Colina, o Sniper das Metas, o Schwarzenegger de Schweinsteigers, o... **PERDEU!!! ISOLOU!!!** Acaba o jogo! O título é decidido após a cobrança bisonha de Beto Fubá, o Perna de Pau da Parada! O Pereba dos Penais, o Palerma das Cobranças, o Energúmeno das Decisões, o Idiota da Vila, o...

Show de talentos.

O PACIENTE DAS DEZ HORAS DÁ UM BOM DIA ACANHADO e se senta na cadeira do dentista.

— Ora, ora! Se não é meu paciente que trabalha na TV! — cumprimenta de volta o doutor Pacheco, animado. — O grande descobridor de talentos!

O homem gira os olhos, como quem diz "dai-me forças", enquanto o sorridente doutor prende o babador descartável. Em seguida, o profissional posiciona a luz, liga o compressor e começa a mexer na boca do sujeito.

— Tudo bem no trabalho?

O paciente, com a mangueirinha no canto da boca, responde com um "hum-hum".

— Que ótimo. Eu já te contei que quase fui artista? Levava o maior jeito, rapaz. De repente eu podia estar aí, brilhando. — ele suspira por dentro da máscara. — Mas meu pai queria que eu fosse dentista... — suspira de novo. — Mas eu gosto de ser dentista. Abre mais a boquinha... Isso.

O paciente sorri, meio sem graça. Ele sabe o que virá a seguir. O inevitável show de imitações ruins do doutor Pacheco.

— Sabia que eu era bom de imitação? Imitava geral, rapaz! — ele puxa a máscara para o queixo e fala meio soluçando: — "Oi, Fred Flinstom, sou eu, seu amigo Bárnei! Cadê meu filé de brontossauro?" — ri sozinho: — Sabe quem é?

— Errr... o Barney dos Flintstones? — arrisca o paciente, meio constrangido.

— Viu?

— É que... você chamou o Fred... e falou que era o Barney... e o brontossauro. Aí...

O dentista ignora e volta a mexer na boca do paciente. Logo, puxa a máscara para o queixo de novo e fala com uma voz fininha:

— "Hei, Pluto, Pluto! Ró!" — e agora com sua voz normal, felizão: — Esse era o Mickey, sacou? conhece o Mickey?

— Arrã, o Mickey! Claro, conheço sim.

— Mas eu faço essas coisas assim só de brincadeira, nada sério.

O paciente dá mais um sorrisinho amarelo. O dentista volta à sua tarefa, já sem usar a máscara.

— Ah, essa o pessoal todo se amarra! — ele faz uma voz esganiçada: — "Iscubi, meu fí, cadê você?" — e agora grave, como com uma batata na boca: — "Tô aqui, *Salchicha*! Atrás do dente canino!" — ri de si próprio: — Dente canino, rá, rá!

O paciente já está consumido pela vergonha alheia, mas o dentista continua, agora estalando a língua.

— "Má, ôe! Rá-rái! Ô, tártaro! Sai pra lá, sai pra lá!

O paciente não suporta mais e interrompe:

— Doutor Pacheco, é... não sei se você sabe... é que eu trabalho na emissora de TV, mas é lá no setor administrativo.

— Como assim?

— É, no departamento de material de escritório, coisa de almoxarifado... fica em outro endereço, até.

— É? E por que você tá me falando isso? — pergunta, seco.

— Assim, eu nunca nem vi um artista de perto, e nem teria como indicar alguém, tipo algum novo talento, nem nada, entende?

— Por quê? Puxa, você pensou que... Não, não, eu faço só uma brincadeira. Nada a ver não. — desconversa. — Tem paciente que gosta, né? Bem, acabamos por hoje. Era só uma limpezinha — ele apressa.

O dentista se afasta e fica no canto, colocando os instrumentos no autoclave. O paciente se levanta para ir embora e pergunta:

— Bem, então... semana que vem, nesse mesmo horário?

— Não sei. Tem que ver na agenda lá com a recepcionista. Quando sair, manda entrar a próxima paciente, tá? Obrigado, bom dia e tchau.

O paciente sai, sem graça. Entra a paciente do horário seguinte, logo se sentando na cadeira. O dentista se anima de novo.

— Ora, ora: se não é minha paciente que trabalha com teatro!

Ela revira os olhos e faz cara de "dai-me forças", enquanto o dentista aponta a luminária para seu próprio rosto e recita, dramático:

— Essa broca... ou essa broca: eis a questão!

Largados III.

— SEJAM BEM-VINDOS AO *LARGADOS E FERRADOS: The Ultimate Championship Edition!* Como mandam as regras, somente bicampeões podem competir. Vocês passarão os próximos 20 dias nesse deserto perigoso e inabitável enfrentando o frio, o calor, os animais selvagens, os mosquitos e os terríveis saqueadores, contando apenas com suas habilidades de sobrevivência! Para ajudá-los nesse desafio extremo, cada um de vocês poderá trazer um item. Richard, o que você trouxe?

— Bem, eu servi no Iraque, por isso trouxe essa pá com serra no cabo, que será útil para construir uma trincheira e nos abrigar a salvo dos saqueadores.

— Excelente. Mohamed, e você?

— Eu vim da Legião Estrangeira. Só preciso desta pequena ferramenta tática para amarrar galhos com espinhos e camuflar nosso abrigo.

— Ótimo! E você, Nenê?

— Trouxe nada, não. Mas tô usando essa viseira escrito "Praia de Copacabana", aí ninguém treta com brasileiro, pelo contrário! E se vocês dois usarem o alicate e a pá pra tirar um som, a gente ainda faz um pagodinho na humildade.

E foi assim que Nenê se tornou embaixador na ONU.

Almas condenadas.

OUTRORA UM COLOSSO DE AÇO E REBITES, o submarino de guerra agora jazia inerte, derrotado no fundo do oceano escuro. Reunidos, aqueles bravos homens aguardavam seu inexorável destino com apreensão e silêncio, enquanto o gotejar de água salgada sobre o metal do piso ecoava pelo corredor como golpes em uma bigorna. A luz fraca pisca mais uma vez e o que restava de energia se vai. O comandante se junta a eles na penumbra. Seu imediato risca um fósforo e todos ficam em torno da pequena chama, esperando que o superior lhes diga o que fazer. Ele encara sua tripulação, com pesar e honradez, e faz o anúncio que todos temiam:

— Senhores, perdemos nossa bateria reserva. O motor secundário não funciona e Franco e seus rapazes não conseguiram liberar o lastro manualmente. Ninguém respondeu ao nosso pedido de ajuda. Estamos encalhados no fundo do mar, presos numa velha lata de sardinhas que não subirá. Não há mais nada o que possamos fazer. É o fim. O suprimento de ar durará seis horas.

— Pois eu não pretendo esperar tanto! — irrompe Gimenez, brandindo uma granada sobre sua cabeça.

Os homens se atracam com o companheiro desesperado e arrancam o artefato de sua mão, impedindo o acionamento do pino fatal.

— Estás louco, Gimenez?!? — esbraveja o comandante. — Uma explosão aqui dentro iria matar a todos!

— Pois vamos todos morrer mesmo! — brada o homem em descontrole.

— Fale por você! E se o resgate chegar? — argumenta Franco.

— Não vai chegar!!! Somos almas condenadas neste túmulo de metal!

— Tá, mas deixa a gente escolher, né?

— Eu quero minhas seis horas que restam — disse Vladislav, o mais calmo. — Estou escrevendo uma poesia póstuma! Inclusive, "almas condenadas neste túmulo de metal" é um belo título!

— E eu pretendo usar esse tempo orando para meus ancestrais, enquanto aguardo o frio beijo da morte me levar até eles — completou Comanche.

— Bem, EU quero morrer logo! — insiste Gimenez. — Como faz?

O imediato risca um novo fósforo e os homens confabulam. Naquela situação, ninguém condenaria Gimenez por tentar abreviar seu terrível destino. Mas uma granada estava fora de cogitação. Mesmo que ele se trancasse sozinho no banheiro, o surrado casco não resistiria ao impacto do explosivo. Perguntaram se alguém ainda tinha munição, mas não havia sobrado uma mísera bala após o combate.

— E veneno, alguém tem?

— Por que diabos alguém traria veneno para um submarino, Vladislav? — ralhou o comandante.

Vladislav resmunga que só queria ajudar, mas tudo bem. A situação era complicada.

— E se algum de vocês me esganasse até a morte? — sugeriu Gimenez.

— Assassinar uma pessoa? — se espantou Franco. — Mas de jeito nenhum!

— Aí eu não vou pro céu dos meus ancestrais — disse Comanche.

— Não me alistei nas forças armadas, fiz treinamento de tiro e vim pruma guerra para ter que matar os outros! Tá doido? — concluiu Vladislav.

— Vocês sabem que é meio que por isso que perdemos o combate e estamos no fundo do mar, né? — reclama Gimenez.

Alguém desconversou, perguntando se ele não aceitaria beber óleo das máquinas.

— Não — descartou Gimenez. — Sei lá quanto óleo vou ter que beber. Vai que me dá desarranjo. Quero morrer, mas com alguma dignidade!

A discussão foi minguando junto com a luz do fósforo. O imediato riscou o último da caixa a pedido do comandante:

— Bem, ainda temos seis horas. Eu tô com fome. Sobrou alguma coisa?

— Só algumas latas de salsicha, senhor — respondeu Franco.

— Ih, eu passo — disse Vladislav, complementando: — Aquilo faz mal. Li uma vez que cada salsicha que você come tira 15 minutos de sua vida.

A luz do derradeiro fósforo se apaga.

No escuro, ouviram uma gargalhada vindo da cozinha. Era Gimenez.

— Já comi dezoito salsichas, rá! Em breve estarei no paraíso dos seus ancestrais, trouxas! — *nhoc!* — Mais uma! Tô chegando, vovó!!!

UMA HORA DEPOIS O MOTOR AUXILIAR VOLTOU A FUNCIONAR. Estava superaquecido, mas quando esfriou conseguiram liberar o lastro e emergir. Logo o resgate chegou e todos embarcaram na lancha da marinha. Menos o Gimenez, ainda trancado no banheiro, com um baita desarranjo.

Zodíaco.

EM UM MUQUIFO COM SÍMBOLOS DO ZODÍACO RABISCADOS PELAS PAREDES DE FORMA BEM SINISTRA, um homem bem sinistro abre a porta para os dois policiais.

— Boa tarde, nós recebemos um chamado — diz o sargento, sem tirar os olhos de seu celular.

— É aqui mesmo — responde o homem sinistro, com um sorriso nos lábios.

— E qual seria a ocorrência, cidadão? — pergunta o cabo.

— Eu quero me entregar — o homem diz, calmo e orgulhoso. — Minha obra está completa.

— Não entendemos. O senhor tá fazendo uma obra?

— Não. Eu sou aquele que vocês tanto buscam!

— Jesus? — pergunta o cabo, bem confuso.

— Não!!! Eu sou aquele que enlouqueceu o departamento de polícia. O metódico *serial killer*, o psicopata que deixava pistas e mesmo assim ninguém conseguia pegar. Muito prazer. Eu sou... o Assassino do Zodíaco!

— Quem? Do Ziraldo?

— Do Zodíaco! — corrige o homem, com uma certa aspereza. — Assassino do Zodíaco. Eu mato de acordo com o signo da vítima! Porém, como todo psicopata narcisista eu busco o reconhecimento. Pois estou me entregando, podem chamar os jornais!

Os policiais se entreolham.

— Eu ainda não entendi quem ele matou, sargento.

— Tá enrolado mesmo. Dá pra explicar melhor, cidadão?

O homem sinistro perde a paciência.

— Eu sou o Assassino do Zodíaco!!! Eu mato de acordo com os astros, ó: mato Áries em abril, Libra em outubro, Escorpião em novembro... Signos!

— Ah, negócio de horóscopo — diz o cabo. — Saquei!

— E tu matou quantos? — pergunta o sargento.

— Doze, ué!

— Doze hoje?!?

— Não, pombas! Eu matei doze em um ano! É um signo de cada mês! Vocês não conseguem entender?!?

— Ah, peraí, né? — o policial parece decepcionado. — Cabo, diz pra ele.

— Cidadão, 12 mortes não é nada! É tipo um fim de semana fraco lá em Japeri!

— Mas... mas...

— E ainda vamos ter que ficar perguntando signo de quem já morreu! Olha o trabalho que isso vai dar, cabo!

— Vamos nessa, sargento? Ainda dá pra gente estourar aquela central de gatonet que tá bagunçando nossa paradinha!

Eles saem, dizendo "passar bem" e aconselhando o homem a trancar a fechadura, porque aquela região é meio perigosa. O homem sinistro fica na porta, gritando:

— Não, peraí! Voltem! Olha, eu posso começar a matar também pelo ascendente! Ou pelo horóscopo chinês, que é cheio de bicho! Ô, voltem, policiais!!! Ô, tu tem lua onde? Volta!!!

Controle.

ELE, SENTADO NO SOFÁ, não consegue ligar a televisão.

— Amor, cadê o controle da TV?

Ela, atarefada com seu laptop na mesa de jantar, responde da outra sala:

— Tá aí pelo sofá.

— Mas onde? Não tô achando!

— Vê embaixo das almofadas!

Ele levanta as almofadas e pragueja:

— Não tá! Vai começar meu jogo, pô!

— Vê se não caiu entre o sofá! Ali do ladinho!

Ele procura entre o encosto e o assento do sofá, enfiando a mão até o fundo.

— Não, não tem nad... epa, achei! — comemora, puxando um controle remoto.

— Achou?

— Nhé. Achei um controle, mas é o do cabo! Eu quero o da TV mesmo!

— Vê se não tá junto!

Ele procura de novo e puxa outro controle.

— Achei outro, mas é o do som!

Não se dá por vencido e enfia a mão de novo, tentando alcançar alguma coisa com a ponta dos dedos.

— Arrá! — o arrá dele dura pouco. — Droga, é o controle do videogame! Mas que saco!

Ele enfia o braço todo, vasculha como se fosse a tromba de um elefante meticuloso e pesca algo.

— Agora sim! Mas peraí, isso é de videocassete?!? A gente não tem videocassete há milênios! Chega, já deu!!!

— Não achou?

— Não! Quer saber? Vou ligar pra lojinha da esquina e comprar um daqueles controles universais! **AH, NÃO TÔ ACREDITANDO!!!**

— O que foi?

— Meu celular caiu dentro do sofá!

QUANDO ELA VOLTOU À SALA DA TV, encontrou o sofá de cabeça para baixo e as almofadas espalhadas, junto a diversos controles remotos, um celular de flip, outro estilo tijolão, um telefone de discar, algo que um dia foi um aparelho de fax e um radinho de pilha — que ele, sentado no chão emburradíssimo, agora usava para ouvir seu jogo.

Na cabine de transmissão.

— E O JUIZ PARALISA O JOGO porque Caduzinho Capixaba ficou caído no meio de campo!

— Joelho.

— Será? Daqui de cima não deu pra ver exatamente e...

— Torção de joelho. É uma dor terrível.

— Exato. Vamos aguardar e torcer para que nada de grave tenha...

— Mas pode ter sido tornozelo também.

— Sim, pode ter sido uma pancada no tornozelo e...

— Coxa. O músculo estira, aí é complicado.

— Certamente, mas vamos aguardar o...

— Ou câimbra. Câimbra também é brabo.

— É, de fato ele correu muit...

— Covid também dá isso.

— Oi?

— Vai que ele não tomou todas as doses. Gripe também. Ou Dengue. Zika. Chikungunya, talvez.

— Chikun...

— Reumatismo. Artrose. Fascite plantar. Gota, gota dói muito o joelho.

— Mas...

— Ou então vai chover.

— Como...?

— Minha vó sente dor no joelho quando vai chover.

— Olha...

— Pessoas com membros amputados também podem sentir dores no local.

— Não, peraí...

— Chamam de dor fantasma. Já li sobre isso.

— Opa, o Caduzinho já se levantou! Parece que tá tudo bem com ele agora!

— É assim mesmo. A dor passa, mas depois volta com tudo. Não pode bobear...

— Não, não, parece que tá tudo bem mesmo. Ele vai voltar pro jogo, amigo de casa!

— Eu não teria tanta certeza.

— O juiz dá bola ao chão e segue a partida!

— Porque o cara acha que dá pra voltar, mas não dá, não. Um perigo.

— Olha lá, o rapaz já tá até dando pique. Tudo bem com o Caduzinho Capixaba!

— Às vezes o sujeito pode ter um mal súbito e cai duro. Já vi muito.

— Lançamento do meio de campo! Corta a zaga! A bola volta para a intermediária...

— Raio. Também cai raio às vezes. Assim, lugar aberto, né?

— E não há tempo para mais nada! O juiz encerra o jogo e o placar não muda mais! Obrigado por sua audiência e boa noite, amigo de casa!

— Ou meteoro. Vírus biológico. Anthrax...

Aranha.

PETER ENTRA EM SEU QUARTO E SE DEPARA COM A TIA, sentada na beira da cama. Ela parece preocupada.

— T-tia May? Tá tudo bem?

A idosa mostra um uniforme vermelho e azul em suas mãos trêmulas. Ele percebe a gaveta esquecida aberta na cômoda.

— Peter, essa roupa... você é o Homem-Aranha?

— E-eeeeu? Que Homem-Aranha?

— O Homem-Aranha. O super-herói amigão da vizinhança.

— Claro que não, tia!

— Peter, quando seu tio morreu você disse que nunca iria mentir pra mim... Você lembra?

— L-lembro...

— Foi uma promessa.

— F-foi sim, tia. Eu prometi. Nunca mentir pra senhora.

— Porque a quebra de uma promessa é como uma faca cravada no peito da confiança, girando em uma dor lancinante infinita.

— Eita.

— Cortando minha carne, rasgando minha alma enquanto me consome.

— Entendi, tia...

— Eu seria capaz de morrer de desgosto! Minha saúde frágil não suportaria tanta decepção!

— Caramba, tia.

— Então, pergunto de novo: você é um super-herói?

— O quê, a senhora tá falando dessa fantasia? Ah, tá! Não, nada a ver, não. É só um trabalho pra faturar um trocado e ajudar nas contas. Não é nada desse negócio de herói, imagina!

— Um trabalho?

— É! O lance de ser fotógrafo não tava dando certo, os jornais agora só usam imagem de graça, tudo gerado por inteligência artificial, mó ridículo. Aí eu descolei um bico nesse trenzinho de turista, a gente dança e tal. Super divertido. Pode confiar.

Ela levanta e o abraça, emocionada.

— Oh, Peter! Que alívio! Você promete mesmo?

— Pode ficar tranquila que promessa é promessa! E se não ficou claro eu prometo de novo: sem mentiras, titia! Pronto, pode parar de chorar...

• • •

NO CENTRO DA CIDADE, um grupo fantasiado dança animadamente. O novato é o primeiro a perceber a fumaça ao longe. Ele cutuca o Fofão, que responde "Presta atenção na coreografia, mané!". Algumas pessoas apontam para o prédio em chamas, enquanto Pantera Negra e Super Mario abrem espaço no centro da rodinha para o solo do recém-contratado. O show não pode parar, mesmo com as sirenes dos bombeiros. Siga em frente, não olhe para o lado, ele rebola. Mas, por trás de sua máscara vermelha, resmunga baixinho: "Maldita promessa chantagista, tia May".

Sequestro.

— PODE SAIR DA MALA DO CARRO, RAPAZ. Mas sem gracinhas.

— Vocês vão me desamarrar? Eu preciso pegar o celular aqui no bolso para fazer um stories disso.

— Não. Isso é um sequestro, caso não tenha reparado ainda.

— Estamos até usando essas máscaras de sequestrador. Ideia da Amália.

— Clea, se for para você dizer nossos nomes, não precisa nem usar máscara.

— Francamente, viu! Bem, estava um pouco quente aqui mesmo. Mas você aí não tente nada, a Deise vai ficar de olho!

— Senhoras, se for dinheiro, não vai rolar. Apliquei tudo em bitcoin e só tenho merchã novo na semana que vem.

— Não queremos seu dinheiro, rapaz. Apenas que você use seu talento. Clea, explique.

— Bem, senhor Canal do Billy Gambazão...

— O nome dele não é Canal do Billy Gambazão, Clea.

— Então fala você, Deise. Mania de querer ser a sabichona!

— Podem me chamar só de Gambazão, donas. Todo mundo me chama assim. Mas, olha, não vou anunciar o produto de vocês sem ganhar cachê, né? Pelo menos uma permuta. Sabem quantos inscritos eu tenho em meu canal?

— Qual parte de "isso é um sequestro" esse moleque não entendeu ainda? Por isso que os jovens de hoje estão assim.

— Calma, Amália. Olha, Gambazão, sabemos que você tem muitos seguidores na internet. Influencer que fala, né? Pois bem: nossos filhos são parte de sua audiência.

— E eles são muito influenciáveis, como todo jovem. Por isso, precisamos que você seja um influencer com boas influências.

— Mas, senhoras, o que eu faço é explodir coisas numa piscina de nutella!

— Uma batalha de cada vez. Por ora, só queremos que você enfie uns conselhos no final dos vídeos.

— Porque quando filho tá nessa idade, o que a gente fala entra por um ouvido e sai pelo outro.

— Já o que vocês iutchubers dizem, eles seguem cegamente: "deixe o like, ative o sininho". Bah! Ô, fase!

— Pô, dona, o "deixe seu like e ative o sininho" é justamente a parte mais importante dos meus conteúdos...

— Pode continuar falando, Gambazão. Nossa exigência é apenas que você acrescente algo útil no final, tipo "... e também não seja cringe, escovar os dentes é muito importante"! Tinha mais alguma coisa, Clea?

— Peraí que eu escrevi. Ah, tá. E também: "Frutas não têm código de barras, mas são topzêra para a saúde, comam!". Falta só a parte da Deise.

— "Leve um casaco para tankar o resfriado".

— Tá. Definitivamente as senhoras não falam a mesma língua que seus filhos. Mas acho que entendi sua preocupação. Quer saber? Deixa comigo. Vou falar no próximo vídeo. Podem me desamarrar?

— Você promete?

— Não sei se motivado pelo fato de ter uma arma de verdade apontada para mim, mas realmente pensei na minha responsabilidade como influenciador e acho que as senhoras têm razão. É isso, né? Um dia também terei filhos, vou querer que eles tenham boas influências. Vou mandar até um salve pros seus meninos! E sem cobrar superchat! Que tal?

— Excelente! Diga assim "Um salve para Luis Roberto, Tom e para o Pedro da SeguriLife".

— Ninguém precisa saber que o Pedro trabalha na corretora, Amália. Se for por isso, é "Dr Tom Pacheco, cirurgião dentista".

— E "Luis Roberto, gerente geral"! Promovido esse mês, sabia, Deise?

— Peraí, donas: quantos anos seus filhos têm?

— 36 o Luis e o Tom. O meu Pedro já fez 37.

— O quê?!? Ah, para, ha, ha! Eles são adultos e precisam que um influencer lhes diga para escovar os dentes, comer frutas e usar casaco? Nem eu sou tão idiota assim, hahahaha! Que otários, **HUAHAHAHAHAH...** Ugh!

— Amália, precisava dar um tiro no rapaz?

— E deixar ele falando mal dos meninos? Sinceramente, Deise! Vamos ao plano B: Tragam aquele gorducho que fala muito palavrão!

— O Carolino?

— É Casimiro, Clea!

Doador.

O CLIENTE ENTRA NA OFICINA MECÂNICA:

— Oi, vim buscar meu carro, deixei aqui mais cedo pra trocar uma lâmpada.

— S-seu... carro? — o mecânico fica desconcertado e derruba as ferramentas no chão.

— É, o vermelho. Tava com a lanterna pifada.

— O-o senhor espera aqui um minutinho, eles vêm falar com o senhor.

O mecânico sai e retorna com o gerente, que chega de cabeça baixa.

— O... o senhor quer sentar, quer uma água? — pergunta o superior, consternado. E, para o mecânico: — Traz lá uma aguinha.

— Não precisa — agradece o cliente. — Vim só pegar meu carro mesmo.

Os dois funcionários respiram fundo. O gerente toma coragem para dar a notícia:

— Olha... infelizmente nós tivemos uma complicação e... seu carro não resistiu.

— Oi?

— Ele morreu. — completa o mecânico.

— Ué, faz uma chupeta — diz o cliente. — É um carro meio velho, eu sei, mas a bateria ainda tava...

O gerente da oficina coloca a mão no ombro do sujeito, respeitoso.

— Eu realmente sinto muito, senhor. Foi falência múltipla de peças.

— O quê? — ele pergunta, atônito. — Vocês tão falando sério?

— Amigo, acredite, nós tentamos de tudo. — completa o mecânico.

O cliente se descontrola:

— Meu carro entrou aqui só pra trocar uma lâmpada! Isso... isso foi negligência! Foi erro de vocês!

— Lamentamos muito, senhor...

— Eu quero ver ele! — começa a procurar pela oficina. — Eu quero ver meu carro! Eu vou fazer um escândalo!

O cliente recebe um baque ao encontrar, sob uma lona, o que restou de seu automóvel vermelho: uma carcaça totalmente depenada, sem portas, bancos, rodas ou capô. Ele dá um grito de desespero:

— Meu carro!!! O que vocês fizeram com meu carro?!? Ele foi depenado!!!

— Depenado, não! — intervém o gerente. — Ele era doador de peças. Ajudou vários outros carros que precisavam!

O mecânico entrega ao dono um pedaço pequeno de lataria vermelha com um adesivo do Seu Madruga de Che Guevara:

— Achamos que o senhor iria gostar de ficar com alguma recordação — ele diz, com pesar.

— Seus... seus açougueiros! — o cliente berra. — Eu vou chamar a polícia! Polícia!!!

— O senhor precisa ser forte e...

Mas ele não quer ouvir mais nenhum absurdo. Sai para a calçada e se joga na frente da viatura de polícia que chegava, gritando que depenaram o carro dele. Os policiais descem do veículo, e é nessa hora que o cliente repara que o para-lamas e uma das portas da viatura são vermelhos.

Os policiais se entreolham. Tiram os bonés em sinal de respeito e lhe dão condolências.

— Então. A gente queria agradecer. Ele foi muito valente. Um herói.

O outro policial ainda dá umas batidinhas sentidas na lataria da viatura:

— Saiba que seu carro continua vivo. Aqui.

Com sua atenção.

ALBERTO COLOCOU A BANDEJA DE FRIOS NO CARRINHO E SEGUIU EM DIREÇÃO AOS CAIXAS, pensando que não deveria ser tão difícil assim fatiar 300 gramas de presunto sem que ficassem parecendo uma roda de carroça, quando passou pela ilha de ofertas sendo montada. O locutor conferia o preço do azeite escrito no cartaz e checava seu microfone. Alberto não deu importância e seguiu pelo corredor, mas alguma coisa aconteceu quando o sistema de som daquela filial do Prezunic anunciou: "Com sua atenção, senhores clientes!". Ele se virou e reparou melhor no rapaz magro de cabelos ruivos encaracolados. "Hoje eu trago aqui uma oferta mais do que especial para a freguesa e para o freguês!". Alberto não estava interessado em comprar o azeite de marca duvidosa, mas se aproximou devagar, embevecido com a dicção articulada do jovem profissional. Cada vocábulo que saia de sua boca era impregnado de clareza, entonação e ritmo perfeitos. Mas não era só isso. Aquele rapaz de cabelos ruivos encaracolados fez Alberto se lembrar de um momento especial, há muito adormecido em suas memórias. Sua mente viajou para mais de dez anos no passado.

ERAM AS FÉRIAS DE FAMÍLIA NOS ESTADOS UNIDOS. Alberto precisava voltar antes, por causa do trabalho na firma. Sua conexão do voo com preço promocional de uma companhia aérea menos conhecida era em um pequeno aeroporto na Costa Leste americana. Sozinho e com a mala já despachada, foi até o portão indicado na passagem, na ponta do terminal, e lá conferiu se estava no lugar certo, perguntando direto aos funcionários do balcãozinho, já que o monitor acima deles não estava funcionando. Seu inglês capenga até que funcionou, ele então saiu para comer alguma coisa no tempo de espera. Quando voltou, já havia um número razoável de passageiros sentados por ali. O tempo foi passando e nada dos três funcionários do balcãozinho anunciarem o embarque. Empurravam uma folha de papel um para o outro, meio sem graça. Até que um deles reconheceu o Alberto de mais cedo, foi até ele com cara de "me ajuda" e perguntou se falava português. Quando Alberto respondeu que era brasileiro, os funcionários americanos ficaram visivelmente aliviados. Então lhe pediram uma pequena gentileza, por conta do monitor apagado: será que o senhor poderia fazer a parte do anúncio do voo em português? São apenas duas frases – já lhe passando o papel impresso em Arial caixa alta, com um pequeno texto truncado e mal traduzido. O funcionário fez a parte do anúncio em inglês e entregou o microfone para Alberto, que sacou que aquele era seu momento de brilhar. Caprichou na voz, deu umas batidinhas para conferir se o aparelho estava ligado e mandou:

— Com sua atenção, senhores passageiros do voo 714 da US Airways com destino ao Rio de Janeiro...

Todos olharam para ele, que prosseguiu:

— Informamos que o embarque será feito neste portão, e começará em breve.

Pronto, o recado foi dado. Alguns brasileiros até aplaudiram o compatriota ali na frente. Talvez ele conseguisse um chaveiro de brinde da companhia. Mas aquela plateia amistosa fez Alberto se empolgar:

— Agradecemos mais uma vez sua preferência em voar conosco, e prometemos servir barrinhas de cereal pros que se comportarem durante o voo...

Mais aplausos e algumas risadas. Os funcionários trocaram olhares desconfiados.

— Principalmente pra quem deixar o passageiro da poltrona 14D, que sou eu, dormir, sem ficar pedindo pra puxar a perna pra ir ao banheiro. Vai ao banheiro antes, colega!

Mais risos e gargalhadas.

— Ah, turma, e nada de aplaudir o pouso. Aterrissar a gente com vida é o mínimo que se espera do piloto, né?

O funcionário, gentilmente, mas com firmeza, achou melhor puxar de volta o microfone. Alberto ganhou mais aplausos e alguns "urrús", agradeceu e foi para a fila. Foi divertido, mas acabava ali sua carreira de cosplayer da Íris Lettieri.

Ele seguiu durante o voo pensando que nem documentou o momento para mostrar depois para a Solange e as crianças. Eles não iriam acreditar! Ninguém filmou, ele estava sozinho, nem uma foto rolou. Era 2012 e ainda não existiam os malditos tiktokers para transformarem Alberto em meme e depois ir no programa da Eliana. Ok, é a vida. Aquele momento foi mesmo único e especial, onde o universo conspirou para que ele, divertido, inspirado, com sua bela voz e boas tiradas, brilhasse por alguns minutos. Tudo bem, ele guardaria para si aquele episódio. Droga, foi tão legal.

O avião pousou e ele não reparou se aplaudiram o piloto ou não. Durante o desembarque, engarrafado no empurra-empurra da fila do corredor, Alberto já pensava nas planilhas a encarar no trabalho. Até que seu olhar se cruzou com o de um garotinho, ainda sentado. Um garotinho magrela, de cabelos ruivos e encaracolados, que aponta para Alberto e diz:

— Olha, o nosso locutor! Sua voz é bonita!

Alberto abre um enorme sorriso que lhe estufa o peito. Então aponta de volta para o garoto e pisca com cumplicidade, como quem diz: "acredite nos seus sonhos!"

Foi para casa pensando: "puxa, se eu pude inspirar ao menos uma pessoa no dia de hoje, então esse dia valeu a pena! Sim, senhor!"

LÁ SE FORAM OS ANOS, ATÉ A PRESENTE DATA. Alberto está parado em frente ao locutor que anuncia a oferta de azeite de oliva extravirgem. Admira seus cabelos ruivos encaracolados. Uau, como ele cresceu, se emociona. Virou mesmo um rapagão, os pais devem se orgulhar. Alberto toma coragem e então devolve aquele elogio, guardado há mais de dez anos.

— Olha, o nosso locutor. Sua voz é bonita.

— Opa, obrigado, freguês!

— Era você, né? Naquele avião.

— Como?

— No voo dos Estados Unidos para o Rio, em 2012.

— Hein? Não, não era eu não, chefe.

— Ah, era sim. O garotinho ruivo e...

— Amigo, mas não era eu mesmo. Tá me zoando? Nunca nem viajei de avião, pô!

— J-jura? Bem, então... Puxa, me desculpe, eu...

— Mas esse azeite de oliva aqui já viajou muito! Veio de Portugal, importado! E com a etiquetinha sai com 50% na segunda unidade! Vai querer quantos?

— M-me dá dois.

— Saindo dois kits de azeite aqui pro moço! Alguém mais vai querer? Tá terminando a oferta, hein?

Alberto pega suas garrafas de azeite de oliva e vai embora em absoluto silêncio. Mas o jovem locutor pensa: "puxa, se eu pude inspirar ao menos uma pessoa a comprar esse encalhe de azeite no dia de hoje, então esse dia valeu a pena! Sim, senhor!"

Adestrado.

O CACHORRO DOS FONSECA SABE PEDIR PARA IR NA RUA. Ele não late, mas te cutuca com o focinho e murmura meio sofrido, como se estivesse muito apertado pra ir ao banheiro. O Fonseca entende, pergunta: "rua?" e o cachorro já corre pra porta. De uns tempos pra cá, ele deu pra latir também. O cachorro, não o Fonseca. Mas não late para ir na rua. É outra coisa. Ele para na sua frente e late com bastante vigor, como se fosse a Lassie avisando que o pequeno Timmy caiu no poço. A esposa do Fonseca decifrou: "já sei, ele quer o biscoito". E foi ela pronunciar a palavra "biscoito" que o bicho ficou doido, pulando e abanando o rabo como uma bandeirada final de Fórmula 1. É que o tal biscoito veio de brinde na compra da ração, o cachorro adorou e aí a esposa do Fonseca acabou comprando alguns saquinhos no pedido seguinte. "O fato é que agora nosso cachorro parece um viciado", exagera o Fonseca. "Do nada, ele começa a latir e pedir o raio do biscoito, depois fica te encarando fixamente, sem piscar, até conseguir o que quer. Com medo dele me atacar com um caco de vidro, fui ler a embalagem pra ver que tipo metanfetamina tinha naquilo", continua. Segundo o rótulo, o biscoito contém pedaços disso e daquilo, gosto agradável e é "usado em adestramento como recompensa, garantindo ótimos resultados". "Ah, é? Bem, vejamos", disse o casal, que começou a pedir coisas ao cachorro. Aqueles senta, vem e dá a patinha, antes feitos com uma certa indolência, agora parecem executados com a precisão de uma ginasta romena dos tempos da Cortina de Ferro, já que valem biscoito. As visitas adoram. O cachorro também. E deita, rola, pula, rasteja e, sinceramente, acho que não faria feio num exercício de ordem unida do exército norte-coreano. A cada semana o cachorro aprendia novos truques na base do biscoitinho, incluindo abrir a torneira do tanque para abastecer seu próprio pote de água. A esposa do Fonseca achou que aquilo já estava indo longe demais quando o marido disse que estava fazendo uma cópia da chave para o cachorro começar a ir na rua sozinho. Cortou a onda dele: "Ela resolveu parar com o biscoito antes que o cachorro precisasse ir para a clínica de reabilitação", resume. Mas parece que o último pacote foi esquecido na cozinha. O filho adolescente do casal comeu sem saber que era biscoito de cachorro, achou uma delícia, sensacional, bom pra caraca mesmo, show de bola esses biscoitinhos, e perguntou se tinha mais. Aí o Fonseca pensou e disse: “Quer biscoito? Então arruma aquele teu quarto”. O garoto saiu correndo e voltou com um saco de 30 litros de lixo para jogar fora e uma montanha de roupa suja, que separou por cor e colocou na máquina. A esposa do Fonseca olhou feio para o Fonseca e disse: “Tá. Mas só mais um pacotinho”.

A turba.

A TURBA ENFURECIDA BRANDE SEUS ARCHOTES ENQUANTO SOBE A COLINA. São muitos, e outros tantos se juntam a eles em uma procissão de forcados, foices e porretes vociferantes. As autoridades pedem calma, mas a multidão raivosa não irá parar. A luz das tochas abre caminho na noite sem lua, enquanto avançam pela trilha sinuosa da escarpa até a construção em seu cume: o velho laboratório em estilo gótico, com gárgulas de pedra misturados a enormes bobinas elétricas capazes de tocar o firmamento. A turba ensandecida alcança a porta, golpeando-a com a força de um aríete. Na segunda batida, ouvem os passos vindo de dentro. Um tilintar de chaves pesadas destrava as trancas, até que a porta se abre em um longo rangido de madeira e ferro. É Igor, o ajudante corcunda, com seu rosto deformado, ainda mais assustador sob o brilho da pequena lamparina que carrega consigo. O ajudante corcunda ajeita seu camisolão e boceja:

—Vamos lá. O que ele tuitou dessa vez?

FIM

Este livro foi composto com as famílias tipográficas
Rooney e Bricolage e impresso pela gráfica
Forma Certa em ofsete sobre papel pólen bold.

24H
ELES
CERVA
Praia de Copacabana
Salsichas Guerra
É PÁ-PUM
Azeitonas É jeito!

CERVA
ELES
Azeitonas é jeito!
24H
Salsichas Guerra
É PÁ-PUM
Praia de Copacabana